Samuel Gerber

Der große Gegenspieler

Samuel Gerber

Der große Gegenspieler

Brunnen Verlag · Basel und Gießen

Paperback Nr. 1601

Umschlag: Klaus H. Wever
© 1981 by Brunnen Verlag Basel
Druck: Zobrist & Hof AG, Pratteln

ISBN 3 7655 5828 1

Inhalt

Vorwort 7

1. „Hier stand einmal Bern" 9
2. Wer sich mit dem Kaminfeger einläßt, wird selber schwarz 13
3. Das Wesen des Feindes 17
4. Der Teufel, ein gefallener Engelfürst? 21
5. Namen und was sie uns zu sagen haben 25
6. Ursprung und Wirkungsbereich des Feindes 29
7. Sind wir dem Verführer wehrlos ausgeliefert? 33
8. Satan als Verkläger 41
9. Das letzte Wort hat Gott! 45
10. Satans Helfershelfer: die Dämonen 49
11. Treibt die Dämonen aus! 53
12. Hauptangriffsziel: die Gemeinde Jesu! 57
13. Der scheinbare Triumph des Bösen 61
14. Kaderschulung für die neue Welt 69
15. Jesus ist Sieger! 73

Vorwort

Jesus Christus ist der große Sieger. Er ist zum offenen Kampf gegen den Teufel und gegen alle Mächte der Finsternis angetreten, und er hat den völligen Sieg errungen.

Der Feind hat aber noch eine kurze Zeit das Recht, auf dieser Erde sein Werk der Verführung, der Verwirrung und Zerstörung weiterzuführen. Mit besonderem Haß sucht er die Gemeinde Jesu anzugreifen und zu vernichten.

Jünger Jesu müssen deshalb damit rechnen, daß der Teufel ihnen in die Quere kommt. Sie müssen lernen, den listigen Anläufen des Feindes siegreich zu begegnen. Es wäre verhängnisvoll, so zu tun, als gäbe es diesen Feind gar nicht – obzwar einige Christen diese Methode empfehlen –, und es wäre auch unklug, sich nicht einiges Wissen über das Wesen, die Ziele und Methoden des Feindes anzueignen.

Gottes Geist hat dafür gesorgt, daß in der Bibel alles festgehalten wurde, was wir für den siegreichen Kampf des Glaubens wissen müssen. Es muß uns auffallen, daß die Bibel schon im dritten Kapitel von teuflischen Versuchungen spricht und daß erst auf den letzten Blättern über die endgültige Ausschaltung des bösen Feindes berichtet wird. Uns ist vor allem wichtig, was Jesus und die Apostel über den Teufel zu sagen haben. Da werden Zusammenhänge deutlich, die man nicht ohne Schaden mißachten dürfte.

Predigten oder Lehrvorträge über den Teufel hört man selten. Man begründet das gerne damit, wir hätten die frohe Botschaft zu verkündigen und nicht den Teufel an die Wand zu malen, wir sollten nicht negativ, sondern positiv predigen. Aber müssen wir uns nicht auch in diesem Punkt von der Bibel leiten lassen? Sollten wir nicht alle Wahrheiten des Wortes Gottes in ähnlicher Breite nebeneinander stellen, wie die Bibel es tut?

Ich fühlte mich vor drei Jahren gedrungen, einen Bibelkurs über den „brüllenden Löwen" zu halten. Später entschloß ich mich, zum gleichen Thema eine Reihe von Radiobotschaften auszuarbeiten. Diese Botschaften wurden von August bis Dezember 1980 im Programm „Worte des Lebens" über Radio Luxemburg ausgestrahlt. Das vorliegende Büchlein enthält diese Ansprachen in leicht abgeänderter Form.

Bei Radiobotschaften ist die Zeit knapp. Oft ist man nicht ganz befriedigt, wenn eine wichtige Wahrheit nicht gründlich genug dargestellt werden kann: Man muß sich zwingen, manch wertvollen Gedanken wegzulassen und dennoch das gestellte Thema möglichst klar und umfassend erläutern. Meine Radiobotschaften wollten besonders den vielen Hörern in Osteuropa bis weit in die Sowjetunion hinein gesunde biblische Lehre vermitteln. Möge das Buch noch vielen dienen zu nüchternem, siegreichem Glaubenskampf!

Unter der Literatur, die ich mit Gewinn verwendet habe, erwähne ich besonders dankbar Oswald Sanders, „Der große Unbekannte", Ernst Modersohn, „Im Banne des Teufels" und C. S. Lewis, „Dienstanweisungen an einen Unterteufel". In jenen Wochen, als diese Botschaften über Radio ausgestrahlt wurden, erlebte ich besonders haßerfüllte Attacken des Feindes. Einige Freunde meinten hier Zusammenhänge zu erkennen. Ich bitte deshalb meine Schwestern und Brüder in Christus, mich in ihre Fürbitte einzuschließen. Jesus ist Sieger!

Samuel Gerber

Kapitel 1

„Hier stand einmal Bern"

Vor ungefähr 500 Jahren lebte in Europa ein mächtiger Fürst, Karl der Kühne. Er hatte den Plan, ganz Mitteleuropa zu erobern. Er war ein wilder, gefürchteter Kämpfer, der viele Schlachten gewann und der vor Wut schäumte, wenn ihm jemand zu widerstehen wagte.

Einen besonderen Groll hegte er gegen die stolze Stadt Bern. Er rüstete ein mächtiges Heer und rückte gegen Bern vor. Man erzählt, er habe auf einem Wagen einen großen Gedenkstein mitgeführt mit der Inschrift: „Hier stand einmal die Stadt Bern." Er war entschlossen, die widerspenstige Stadt so total zu vernichten, daß als einzige Spur ihres früheren Daseins der Gedenkstein zu sehen sein würde. Nun, es sieht so aus, als habe er's nicht geschafft: Die Stadt Bern besteht vorläufig noch!

Vor einiger Zeit sollte ich in einer größeren Stadt einen Vortrag halten. Als Thema gab ich an: „Hier stand einmal die Stadt X." Die Zuhörer waren recht gespannt, was ich mit diesem komischen Thema sagen wollte. Ich erzählte ihnen dann von Karl dem Kühnen, der die Stadt Bern haßte und ihr den Untergang geschworen hatte. Und dann erklärte ich den Leuten: „Ihr habt einen noch viel gefährlicheren Feind, der fest entschlossen ist, euch und eure Stadt zu vernichten." Die Bibel sagt: „Der Teufel geht umher wie ein brüllender Löwe und sucht, wen er verschlingen kann" (1. Petr. 5,8). Und etwas weiter hinten heißt es: „Der Teufel tobt vor Wut, denn er weiß, daß er wenig Zeit hat" (Offb. 12,12).

Ja, das ist eine ernste Sache: Wir Menschen haben einen Feind, der unsere totale Vernichtung, ewigen Untergang und Zerstörung im Sinne hat. Paulus ruft seinen Freunden in Korinth zu: „Der Satan soll uns nicht überlisten. Wir kennen seine Absichten nur zu gut" (2. Kor. 2,11). Er will zerstören. Er will uns unglücklich machen, will uns in seine Fänge locken, um uns nachher zu zerreißen. Viel schlimmer als jener zornige Fürst im Mittelalter ist der mächtige Fürst der Finsternis, dessen schrecklicher Vernichtungswille allem gilt, was Gott geschaffen hat.

Wir müssen deshalb die Menschen warnen: Wenn ihr nicht umkehrt und mit Jesus neu anfangt, dann werdet ihr verschlungen, werdet ihr unweigerlich eine Beute des Teufels. Wir dürfen die Gefahr nicht verschweigen. Wir kennen den Feind nur zu gut. Wir sind verpflichtet, den einzelnen wie auch ganze Dörfer und Städte zu warnen. Vor einigen Jahren schrieb Billy Graham das packende Buch „Welt in Flammen". Eindringlich zeigt er darin auf, wie unsere westliche Welt mit Riesenschritten dem Verderben entgegentaumelt. Ungefähr um die gleiche Zeit hörte ich den bekannten Evangelisten Dr. Gerhard Bergmann in einer Ansprache immer wieder die scharfen Sätze wiederholen: „Diese Welt sich selbst zerstört, wenn sie nicht auf Jesus hört."

Fällt diese Welt aber tatsächlich eines nicht allzu fernen Tages der Vernichtung anheim, dann nicht durch eine zufällige Katastrophe, sondern dadurch, daß Gott die Schleusen des Abgrundes öffnen läßt. In der Finsternis dieser Welt brütet seit Jahrtausenden ein schrecklicher Zerstörerwille. Der Teufel hat sich empört gegen Gott und gegen seine Weltregierung, und er wagt es, sich mit Gott zu messen.

Ist der Teufel denn wirklich der Gegenspieler Gottes, sozusagen das Böse in Person, das ständig im Kampf steht gegen das Gute? Soll man den Teufel so wichtig nehmen, daß man ihn beinahe Gott gegenüberstellt? Als ich damals meiner lieben Frau das Thema meines Vortrags nannte, da schüttelte sie den Kopf: „Warum tust du so etwas? Warum solch ein Thema? Gibt es denn nicht viel einladendere, hilfreichere Themen? Wie kann man bloß einige Stunden lang nur über den Teufel sprechen!"

Sicher hat meine Frau damals auf eine Gefahr hingewiesen. Man kann den Teufel zu wichtig nehmen. Dazu vielleicht folgende Geschichte, die uns ein Freund erzählte: Ein Prediger schlief friedlich in seinem Bett. Da kam der Teufel ins Zimmer und suchte den Mann zu wecken und zu erschrecken. Der Prediger wurde schließlich halb wach, drehte sich schlaftrunken um und fragte: „Was ist denn los? Wer ist da?" Der Teufel stellte sich vor und erwartete, daß der Prediger vor Respekt erstarre. Doch dieser drehte sich auf die andere Seite, zog die Bettdecke über den Kopf und brummte: „Ach, ich meinte, es sei jemand Wichtiges."

Ein Stück verächtlicher Mißachtung mag schon am Platz sein. Den Teufel sollte man nicht zu wichtig nehmen, er ist schließlich ein besiegter Gegner. Wenn wir ihm zuviel Ehre erweisen, freut er sich, aber genauso wenn wir Unsinn über ihn erzählen. Also lieber zu wenig als zu viel mit ihm zu tun haben. Wir wollen, wenn wir über den Teufel sprechen, ernstlich beten, daß wir vor ihm bewahrt bleiben, daß wir nie den Sieg Christi aus den Augen verlieren und nicht falsche Maße und Gewichte gebrauchen. Falsche Maße haben in der Geschichte der Kirche schon viel Schaden gestiftet. Es gab große Männer, die kämpften für die Sache Jesu, sie waren Reformatoren oder tüchtige Evangelisten, vielleicht auch begabte Lehrer und Schriftsteller, aber sie hatten oft ungesunde Maßstäbe, und das wirkte sich auf ihre Arbeit verheerend aus.

Unsere Väter pflegten zu sagen: „Wenn man mit dem Kaminfeger einen Ringkampf führt, wird man schwarz davon." Auf unser Thema übertragen heißt das: Laß dich überhaupt nicht mit dem Teufel ein, sonst „färbt er auf dich ab". Halte immer Abstand! Versuche gar nicht erst, ihn kennenzulernen. Es täte dir nicht gut.

Wer sich mit der Sünde auseinandersetzt, steht oft in Gefahr, von der Sündenkrankheit angesteckt zu werden. Wer als Seelsorger dient, muß sich dieser Gefahr bewußt sein, sonst kann es geschehen, daß er genau von der Sünde gepackt wird, gegen die er kämpfen wollte. Schon manch ein Seelsorger ist dem Teufel böse in die Falle gelaufen.

Auch in der Medizin kennen wir die Gefahr der Ansteckung. Doch was geschähe, wenn Ärzte und Krankenschwestern aus lauter Angst nichts mehr mit Krankheiten zu tun haben wollten. Nicht auszudenken!

Wir wollen hier keine systematische Lehre über den Satan und seine Helfershelfer aufstellen. Ich möchte jedenfalls kein Spezialist auf diesem Gebiet werden. Trotzdem muß ich alles Notwendige wissen, um den Feind siegreich bekämpfen zu können. Und ich möchte auch andere, die vom Feind bedroht werden, warnen können.

Wir wissen ja zum Glück, daß wir einen starken Schutz haben durch das heilige Blut Jesu Christi. Deshalb wollen wir uns den Sieg Jesu Christi stets vor Augen halten, wenn wir dieses heikle Thema anschneiden.

Kapitel 2

Wer sich mit dem Kaminfeger einläßt, wird selber schwarz

Als Christen stehen wir alle im Kampf. Oft machen uns Menschen zu schaffen, aber unsere eigentlichen Gegner sind die Mächte der Finsternis, der Fürst dieser Welt, der Teufel, der im Bund mit den bösen Geistern das Reich Gottes bekämpfen und die Menschheit vernichten will.

Ihm und seinen Helfershelfern müssen wir widerstehen, aber das können wir nur erfolgreich tun, wenn wir alles Notwendige über den Widersacher und seine Methoden wissen. Dabei gilt es jedoch behutsam vorzugehen und vor allem nüchtern und wachsam zu sein.

Es wäre falsch, sich nun die Ärmel hochzukrempeln und zu einem fleischlichen Ringkampf anzutreten. Es wäre auch verkehrt, eine wissenschaftliche Untersuchung über den Teufel anstellen zu wollen. Dazu wäre uns die Zeit zu schade, und zudem käme mehr Unsinn als Erkenntnis dabei heraus. Es gibt zwar heute ganze Satanologien, also Satanswissenschaften. Da sucht man genau zu ergründen, woher der Teufel kommt, wie er zu solch einem fürchterlichen Feind entarten konnte, was heute seinen Charakter ausmacht und welcherart seine unheimlichen Kräfte sind.

Es gibt auch Prediger, die sich darauf spezialisiert haben, den Teufel in allen Winkeln aufzuspüren und ihn dann zu vertreiben, ähnlich wie man früher Hexen und Gespenster verjagte. Vor Jahren fiel mir das Buch eines evangelischen Predigers in die Hände, das zu lesen fast unheimlich war. Nach diesem Buch wären all unsere Häuser umlagert von bösen Geistern. Man müßte unterscheiden zwischen Teufeln, Dämonen und bösen Geistern. Diese treiben sich angeblich überall herum, setzen sich auf Stühle und Schränke, stören und überlisten die Menschen.

Wenn man die Teufelslehre so auf die Spitze treibt, dann hat man bald für alles Unheil, das geschieht, eine einfache Erklärung: Der Teufel steckt dahinter! Mit dieser faulen Ausrede versuchte schon Eva sich zu rechtfertigen, als sie von Gott gefragt wurde, weshalb sie die verbotene Frucht gegessen habe. „Die Schlange verführte mich", sagte Eva. Mit anderen Worten: „Ich bin nicht verantwortlich. Die Schlange, lieber Gott, die hast du doch fabriziert und sie mir in jener fatalen Stunde über den Weg geschickt. Wenn du, Gott, allmächtig und allweise bist, warum tust du dann so etwas? Wenn du dieses gefährliche Biest auf mich losläßt, darfst du mich hinterher nicht für die Folgen verantwortlich machen!"

Doch das ist ein Fehlschluß: Wenn der Teufel auch umhergeht wie ein brüllender Löwe und uns alle verschlingen möchte, so sind wir ihm doch nicht ausgeliefert. Es wird einmal kein Mensch mit Recht behaupten können, er sei unschuldig, denn der Teufel habe dies alles angezettelt.

Es stimmt zwar, was Martin Luther in seinem bekannten Lied schreibt: „Groß Macht und viel List sein grausam Rüstung ist; auf Erd ist nicht seinsgleichen." Dennoch können wir Menschen uns unserer Verantwortung nicht entziehen mit der Ausrede, der Teufel sei an allem schuld. Es ist keinesfalls so, daß wir ihm auf Gedeih und Verderb ausgeliefert sind und ihm gehorchen müssen! Es *gibt* einen Schutz gegen den „altbösen Feind", es *gibt* eine wirksame Waffe gegen seine Macht!

Wir dürfen andererseits aber nicht meinen, mit dem Fürsten der Finsternis könne man sich ein lustiges Spielchen erlauben. Das wäre gefährlich. Wir sollten auch nicht aus ungesunder Neugier Dinge wissen wollen, die gar nicht nötig sind. Fragen wie: Seit wann gibt es einen Teufel? Wo kommt das Böse her? Wie kam es in unsere Welt? werden von der Bibel nicht mit letzter Klarheit beantwortet, und ich nehme an, Gott weiß schon warum. Es gibt dunkle Rätsel, die wir einfach stehenlassen müssen. Leider gibt es Prediger, die allzu gerne und oft über den Teufel sprechen. Sie stellen Theorien auf, von deren Richtigkeit sie felsenfest überzeugt sind. Wenn man aber die Bibel sorgfältig studiert, merkt man, daß diese Theorien meist auf recht wackligem Grund stehen.

Heutzutage kann man sogar in weltlichen Illustrierten und Wochenblättern farbige Artikel lesen über den Teufel, über die Dämonen und über Menschen, die mit ihnen verkehren. Es ist ein neues Interesse an solchen Dingen aufgekommen. Dabei geht es aber den meisten Menschen nicht um die Erkenntnis der wahren Zusammenhänge. Man macht sich vielmehr einen Spaß daraus auszuprobieren, ob mit der Sache vielleicht ein Gewinn herauszuholen sei. Sich selbst von dämonischen Einflüssen freizuhalten, daran denkt man gar nicht erst.

Man will spekulieren und hat Freude an gruseligen Abenteuern. Doch die Sache ist viel zu ernst für billigen Schabernack. Viele Menschen haben dabei schrecklichen Schaden genommen, manche sind auf diese Weise zur Hölle gefahren. Wenn wir mit einem blauen Auge davonkommen, dann können wir von Glück und Bewahrung reden.

Ich kannte einen Mann, der stammte aus einer christlichen Familie, doch er war zum gottlosen Spötter geworden. Als einmal die Rede auf den Teufel kam, da lachte der Mann: „Wer glaubt denn solche Märchen! Ich werde nicht glauben, daß es einen Teufel gibt, bevor ich ihn zu sehen bekomme." Eines Abends kam er bleich und schlotternd nach Hause und berichtete, er habe den Teufel gesehen. Ich habe nie genau erfahren, was eigentlich geschehen war. Ich weiß nur, daß der Mann an einem Ort der Sünde gewesen war und dort unheimliche Dinge beobachtet hatte. Er kam jedenfalls zu einem Wissen, das er sich nicht gewünscht hatte und das seinen Unglauben zutiefst erschütterte.

Als Pfarrer Blumhardt, ohne es gesucht zu haben, es mit dämonischen Mächten zu tun bekam, da hielt er durch alle Stürme hindurch das eine herrliche Losungswort hoch: Jesus ist Sieger! Diesen Sieg über alle Höllenmächte durfte Blumhardt denn auch auf wunderbare Weise erleben.

So wollen auch wir es halten, wenn wir über den Teufel, die alte Schlange, sprechen. Wir wollen es jeden Tag singen und beten: Jesus ist Sieger. Mit ihm haben wir es zu tun. Er behält das letzte Wort. Sein Name ist der höchste und schönste.

Wir werden, wenn wir nun anhand der Bibel einiges über den Teufel sagen, Blicke werfen in einen finsteren Abgrund. Das dürften wir auf uns selbst gestellt niemals wagen; schon das Hinunterschauen könnte uns gefährlich werden. Wir könnten abstürzen und umkommen. Darum müssen wir uns, bevor wir in den Abgrund schauen, fest anbinden an einen starken Balken. Wir kennen solch einen Balken: Es ist der Kreuzesbalken von Golgatha. Weil Jesus am Kreuz den Teufel besiegt hat, und weil ich ganz zu Jesus gehöre, darf ich von dort her den Blick in den Abgrund wagen.

> Und wenn die Welt voll Teufel wär
> und wollt uns gar verschlingen,
> so fürchten wir uns nicht so sehr,
> es soll uns doch gelingen.
> Der Fürst dieser Welt, wie saur er sich stellt,
> tut er uns doch nicht, das macht: er ist gericht;
> ein Wörtlein kann ihn fällen!

Kapitel 3

Das Wesen des Feindes

Manchmal könnte man meinen, die Bibel sei voller Widersprüche. Da gibt es zum Beispiel die schönen Aussagen über Gott: „Der Herr ist gut und fromm" (Ps. 25,8), „Gott ist Licht, und in ihm ist keine Finsternis" (1. Joh. 1,5), „Gott kann nicht versucht werden zum Bösen, und er selbst versucht niemand. – Bei Gott ist keine Veränderung noch Wechsel des Lichts und der Finsternis" (Jak. 1,13b.17b).

Aber dann stehen in der Bibel auch andere Sätze: „Gott spricht: Ich will alles Unglück über sie häufen" (5. Mose 32,23). „Der ich das Licht mache und schaffe die Finsternis, der ich Frieden gebe und schaffe das Übel. Ich bin der Herr, der solches alles tut" (Jes. 45,7). „Gott versuchte den Abraham" (1. Mose 22,1). Gott schickte einen bösen Geist, um Saul zu beunruhigen und um Ahab zu falscher Tat zu verführen (1. Sam. 16,14; 1. Kön. 22,22).

Was gilt denn nun? Einerseits heißt es: Gott ist nur gut. Er schmiedet keine Ränke. Er ist durch und durch lauter und gütig. Er schließt keinen Pakt mit dem Bösen. Er spannt nicht mit dem Teufel zusammen. Er versucht nie zum Bösen. Zugleich aber lehrt die Bibel: Gott ist alles in allem. Es gibt nichts, das außerhalb von Gott bestehen würde. Es gibt keine andere Quelle des Daseins. Auch der Teufel kann nicht einfach von irgendwoher kommen, noch kann er sich außerhalb der göttlichen Sphäre verkriechen. Auch das Unglück kommt letztlich von Gott. Ganz vorn und ganz hinten haben wir's immer mit Gott zu tun.

Mit unserer menschlichen Logik möchten wir schnell sagen: Hier gibt es nur entweder-oder. Es kann nicht beides stimmen. Doch in der Bibel finden wir mehrmals jene höhere göttliche Logik, die unlösbar scheinende Widersprüche auflöst. Was unserem Verstand wie ein dunkles Rätsel vorkommt, das kann sich bei Gott wie ein großer heller Bogen zu einem Kreis schließen. Dann sehen wir, daß plötzlich nicht mehr Wahrheit gegen Irrtum steht, sondern zwei Wahrheiten zusammen erst die ganze göttliche Wahrheit ergeben.

So war es doch auch mit dem Sterben Jesu. Der Teufel und seine Höllenmächte, sie wollten den Sohn Gottes umbringen – und es gelang ihnen sogar. Golgatha, das war der Triumph der Finsternis und des Hasses gegen Gott. Und dann stellt sich heraus, daß Gott durch die ganze Leidensgeschichte hindurch die Fäden in der Hand gehalten und so die Erlösung der Menschheit geschaffen hatte.

Als Joseph von seinen bösen Brüdern nach Ägypten verkauft wurde, da waren Haß, Mord und Gemeinheit die Triebfedern; es war eine teuflische Tat. Viel später sagt Joseph: „Ihr gedachtet es böse zu machen, aber Gott gedachte es gut zu machen" (1. Mose 50,20).

Wenn wir also fragen, woher das Böse in der Welt komme, dann müssen wir antworten: Das Böse kommt nicht von Gott, denn Gott ist gut, in ihm ist keine Finsternis – und zugleich fügen wir bei: Aber Gott ist trotzdem alles in allem. Auch das Böse kann sich Gott nicht entziehen.

Was aber ist nun das eigentliche Wesen des Bösen? Aufgrund der Bibel muß die Antwort lauten:

Das Böse ist eine Person

Die meisten Dichter und Denker von heute, aber leider auch sehr viele Theologen, vertreten die Meinung, es gebe keinen Teufel. Vor einiger Zeit veranstaltete ein bekanntes Wochenblatt eine Umfrage unter der Bevölkerung, um zu erfahren, wie viele Leute noch an die Existenz des Teufels glauben. Die Redaktoren waren erschüttert: Je nach Gegend, meinten 15 bis 30 Prozent der Befragten tatsächlich noch, es gebe einen Teufel. Die Zeitungsleute schrieben, hier müsse noch viel Aufklärungsarbeit geleistet werden, um diesen mittelalterlichen Aberglauben zu überwinden.

Mich erschüttert im Gegenteil viel mehr, daß laut diesem Bericht 70–85 Prozent unserer Bevölkerung so naiv sind und sich so arglos betrügen lassen. Wieder einmal hat wohl Goethe recht, wenn er sagt: „Den Teufel merkt das Völklein nie, und wenn er sie am Kragen hält."

Dem Teufel kann's nur recht sein, wenn die Menschen ihn zur Witzfigur machen und gar behaupten, er existiere nicht. Wenn das Böse nur eine Idee, ein philosophischer Begriff oder eine Gestalt aus dem Gespensterglauben des Mittelalters ist, dann braucht man sich vor ihm nicht zu fürchten. Man muß es nur durch gründliches Denken überwinden.

Ja, wenn der Teufel wirklich nur ein schwarzer Kobold wäre, mit Hörnern, Schwanz und Pferdefüßen, dann könnten wir schon allein mit ihm fertig werden.

Die Bibel aber lehrt etwas ganz anderes. Sie spricht mit großem Ernst über den Teufel. Wenn wir Auskünfte wünschen über Dinge und Personen aus der unsichtbaren Welt, dann halten wir uns am besten an die Bibel. Wo die Bibel schweigt, da sollten auch wir sehr vorsichtig sein und nicht zuviel wissen wollen. Wo aber die Bibel eine deutliche Sprache spricht, da sollten wir ruhig und bestimmt an ihren Aussagen festhalten.

Besonders wertvoll für unser Thema sind die Berichte über das Leben und die Reden Jesu:

Jesus wußte mehr als die Menschen seiner Zeit. Er war die Wahrheit in Person. Er wußte genau Bescheid, auch über die unsichtbare Welt, denn er kam ja von dorther zu uns.

Wenn Jesus der Ansicht gewesen wäre, es gebe keinen Teufel, dann hätte er die Menschen damals von dieser uralten Vorstellung bestimmt kuriert. Es ist undenkbar, daß er wider besseres Wissen einfach geschwiegen hätte, denn dann wäre er wirklich ein Betrüger gewesen, der sogar seine besten Freunde hinters Licht geführt hätte. All seine Teufelsaustreibungen wären dann nur psychologische Tricks und Taschenspielereien gewesen, inszeniert, um beim abergläubischen Volk Eindruck zu machen.

Und noch eins: Gäbe es wirklich keinen Teufel in Person, dann wäre Jesus an einem schrecklichen Irrtum gestorben. Er wies ja immer wieder klar darauf hin, daß er es mit dem Fürsten dieser Welt zu tun habe: Er sei gekommen, um die Werke des Teufels zu zerstören. Jesus ist dem Satan persönlich begegnet, und er hat ihn durchschaut und entlarvt. Er hat den Menschen auch auf den Kopf zu gesagt, wenn sie mit dem Teufel bewußt oder unbewußt im Bunde waren. Jesus sprach übrigens niemals leichtfertig oder respektlos über den Teufel.

Jesus war kein irrender, im Denken seiner Kultur gefangener Mensch. Manchmal sprach er zwar in Bildern, aber das tat er nie, um die Wahrheit zu verdunkeln, sondern um die Wahrheit faßbarer zu machen.

Wenn die Berichte des Neuen Testaments zuverlässig sind – und das sind sie ohne Zweifel –, dann müssen wir feststellen, daß Jesus davon überzeugt war, der Teufel und die Dämonen seien ganz reale Personen. Die ganze Bibel, im Alten und Neuen Testament, enthält zahlreiche Äußerungen von geisterfüllten Menschen, die dieselbe Ansicht vertreten. Es bleiben allerdings um die Person des Bösen selbst noch viele Rätsel bestehen.

Kapitel 4

Der Teufel, ein gefallener Engelfürst?

Wir wollen nun gemeinsam versuchen, eine geheimnisvolle Bibelstelle etwas näher zu betrachten. Es handelt sich um das Klagelied über den Sturz des damaligen Weltbeherrschers, des Königs von Babel, in Jesaja 14,4–21. Ich führe hier lediglich die Verse 9–16 an:

„Das Totenreich drunten erzittert vor dir, wenn du nun kommst. Es schreckt auf vor dir die Toten, alle Gewaltigen der Welt, und läßt alle Könige der Völker von ihren Thronen aufstehen, daß sie alle anheben und zu dir sagen: ‚Auch du bist geschlagen worden wie wir, und es geht dir wie uns. Deine Pracht ist herunter zu den Toten gefahren samt dem Klang deiner Harfen. Gewürm wird dein Bett sein und Würmer deine Decke!'

Wie bist du vom Himmel gefallen, du schöner Morgenstern! Wie wurdest du zu Boden geschlagen, der du alle Völker niederschlugst! Dachtest du doch in deinem Herzen: ‚Ich will in den Himmel steigen und meinen Thron über die Sterne Gottes erhöhen, ich will mich setzen auf den Berg der Versammlung im fernsten Norden. Ich will auffahren über die hohen Wolken und gleich sein dem Allerhöchsten.' Ja, hinunter in die Hölle fuhrest du, zur tiefsten Grube!"

In Hes. 28,12–19 finden wir eine ähnliche Stelle über den König von Tyrus. Auch dieser Fürst wird geschildert in seiner Macht und Herrlichkeit, wie er sich versündigte in stolzer Vermessenheit und wie er von Gott gestürzt und in die Tiefe geschleudert wurde.

Was bedeuten diese Schriftstellen? Zunächst müssen wir das ernst nehmen, was die Texte sagen. Die beiden Könige waren tatsächlich sehr reich und mächtig und wurden beide von ihrem Thron gestürzt.

Viele Bibelausleger meinen, dies sei der einzige Sinn dieser Klagelieder. Es gibt aber auch eine andere Auffassung, die ebenfalls von vielen bedeutenden Gottesmännern vertreten wird. Diese besagt, die Texte seien zunächst zwar auf die beiden Könige zu beziehen, doch enthielten sie zugleich ein Stück rückwärtsblickende Prophetie, die etwas aussage über den Ursprung des Bösen. Die beiden gestürzten Könige seien Symbolfiguren, die andeuten, welchen Weg der Satan, der Anfänger der Empörung gegen Gott, gegangen sei.

Es ist klar, daß sich alle, die meinen, es gebe gar keinen Teufel, über diese Auslegung der Klagelieder von Jesaja und Hesekiel lustig machen. Aber auch gläubige Schriftausleger vertreten die Auffassung, es sei nicht erlaubt, hier den Satan im Hintergrund zu sehen, denn er werde gar nicht erwähnt. Man lege also einen vergeistigten Sinn in den Text, der vom Heiligen Geist nicht beabsichtigt gewesen sei.

Mir scheint, es gebe gewichtige Gründe, diese Schriftstellen dahingehend zu verstehen, daß es vordergründig wohl um das Schicksal gewöhnlicher Könige geht, im Hintergrund aber die Geschichte jenes Engelfürsten dargestellt wird, der zum Satan, zum Widersacher Gottes geworden ist.

Es kommt in der Bibel an manchen Stellen vor, daß eine Prophetie doppelte Bedeutung hat. Jesus selbst sagt beispielsweise über die Endzeit Dinge, die oft doppelten Sinn haben. In einem Satz meint er vielleicht den Untergang Jerusalems und im darauffolgenden bereits die letzte große Trübsal, dann wieder beides zugleich, wobei er die beiden Ereignisse nicht auseinanderhält. Manchmal wußten die Propheten selber nicht, daß die Worte, die sie von Gott empfangen hatten, nicht nur direkt und unmittelbar in die nächste Umgebung zielten, sondern noch einen viel wichtigeren Inhalt hatten, der über Jahrhunderte vorwärts oder rückwärts wies.

Wenn man Texte des Alten Testaments richtig auslegen will, ist es ratsam, auch das Neue Testament zu befragen. Wird eine Auslegung nicht durch das Neue Testament bestätigt, so steht sie auf unsicherem Grund, denn das ganze Alte Testament kann man nur vom Neuen her richtig verstehen. Nun ist im Neuen Testament an mehreren Stellen davon die Rede, daß es gefallene

Engel gibt, die ihre Grenzen überschritten, die Bewährungsprobe nicht bestanden und damit die Sünde in diese Welt hineingebracht haben. Wir lesen weiter, daß Gott diese Engel gestürzt hat und sie in der Hölle zum Gericht festhält (Jud. 6; Joh. 8,44; 1. Joh. 3,8a; 2. Petr. 2,4). Das Neue Testament bestätigt also die Lehre, der Teufel sei einmal ein Engelfürst gewesen, der zu Fall gekommen ist.

Die Klagelieder über die Könige von Babel und Tyrus passen beinahe besser auf ein übermenschliches Wesen als auf einen heidnischen König. Da heißt es etwa: „Du warst das Bild der Vollkommenheit, voll Weisheit und höchster Schönheit. In Eden, dem Garten Gottes, befandest du dich. Auf den heiligen Götterberg hatte ich dich gesetzt. Du warst ohne Fehler von deiner Erschaffung an bis deine Missetat sich fand" (aus Hes. 28). Wie könnte Gott, der niemals übertreibt, eine solche Lobhudelei über den König von Tyrus ergießen! Wir wissen aus der Geschichte, daß dieser König nicht gerade ein Unschuldslamm war.

In Jes. 14,13.14 sagt der König von Babel: „Ich will in den Himmel steigen und meinen Thron über die Sterne Gottes erhöhen. Ich will mich setzen auf den Götterberg in der fernsten Mitternacht. Ich will über die hohen Wolken fahren und will dem Allerhöchsten gleich sein." Solche Gedanken würde sogar ein total größenwahnsinniger König kaum hegen; aber sie entsprechen genau dem Wesen Satans, dessen freches Streben dahin geht, sich auf Gottes Thron zu setzen.

Wenn Gottes Geist uns nicht durch jene geheimnisvollen Klagelieder bei Jesaja und Hesekiel einiges geoffenbart hätte über den Ursprung des Bösen und die Herkunft Satans, dann würden wir notgedrungen in vielen wichtigen Fragen im Dunkeln tappen. Ich verstehe diese Texte daher als Aussagen über den Teufel und bin dankbar für solche Einblicke, denn sie sind mir hilfreich im Kampf gegen den Widersacher.

Mit meiner Auffassung befinde ich mich übrigens in guter Gesellschaft. Viele Bibelausleger früherer Jahrhunderte und auch zahlreiche tüchtige Lehrer der Schrift aus unseren Tagen vertreten dieselbe Meinung.

Kapitel 5

Namen und was sie uns zu sagen haben

Wir wissen nicht, wann das Böse in die Welt kam. Wir werden vielleicht nie erfahren, wie die erste widergöttliche Regung aufkommen konnte. Aber wir wissen, wie sie lautete: Ich will hinauf! Das war die Geburtsstunde des Größenwahns, als in einem Wesen, dem von Gott ein bestimmter Platz in der Schöpfung zugewiesen worden war, der Wunsch keimte: Ich will höher, ich will der Höchste sein! Wahrscheinlich war der Satan einer der höchsten Engel, aber er wollte plötzlich nicht mehr in den göttlichen Schranken bleiben. Das war im Anfang bestimmt noch kein zwanghafter Trieb, der sich auf natürliche Weise meldete, sondern es war freie Wahl. Der Teufel hatte nicht genug mit der von Gott verliehenen Macht; er wollte sein wie Gott, ja sogar über ihm stehen. Aus freien Stücken wählte er die Empörung, die Feindschaft gegen seinen Schöpfer.

Ist es nicht unheimlich, daß auch Adam und Eva sich von derselben Idee verführen ließen: „Ihr werdet sein wie Gott!" Gott hatte ihnen eine hohe Stellung und herrliche Freiheiten zugestanden, aber er hatte auch eine klare Grenze gesetzt. Und der Mensch tut dasselbe wie der Teufel. Er will höher hinauf. Er überschreitet seine Grenzen. Er hält sich für berechtigt, nach Dingen zu greifen, die ihm nicht zustehen.

Wird einem da nicht unheimlich zumute, wenn man daran denkt, was Menschen, gerade heute, so für Ansprüche anmelden: Ich will höher, ich will mich entfalten! Ich bin wichtig! Ich lasse mir nichts vorschreiben! Ich darf alles! Niemand hat das Recht, mir Einschränkungen und Grenzen zuzumuten! Wie zeigt sich diese Ursünde schon beim Kleinkind mit seiner ungestümen Forderung: Ich, ich will der Größte sein!

Der Widersacher Gottes trägt in der Bibel verschiedene Namen. In den Ländern der Bibel haben Namen zum Teil bis heute eine tiefe Bedeutung. Der Name *Satan,* der schon im Alten Testament auftaucht, bedeutet „Gegner, Widersacher". Der Satan ist der Gegner Gottes und der Menschen. Er versucht, sie niederzuhalten. Er verklagt sie. Er verdächtigt den frommen Hiob. Er sucht durch Angriffe und böswillige Tücken die Pläne Gottes aufzuhalten, und er stellt sich gegen alle, die Gott dienen wollen. Er ist in Wahrheit der ärgste Feind Gottes und der Menschen.

Im Griechischen wird der Satan auch als *Diabolos* bezeichnet. Dieser Ausdruck bedeutet „Durcheinanderwerfer". Er weist hin auf einen wichtigen Wesenszug des Feindes: Wo immer dieser Diabolos auftaucht, da richtet er Durcheinander, Mißverständnisse und Störungen an. Er ist der typische Auflöser, der alles auseinandertreibt, was nach Gottes Willen zusammengehört.

Von „Diabolos" kommt auch unsere deutsche Bezeichnung *Teufel.* In diesem Namen steckt ebenfalls die Bedeutung Versucher, Verleumder, gemeiner lügnerischer Ankläger. Jesus hat den Teufel entlarvt, hat ihn bei seinem Namen genannt und sein wahres Wesen enthüllt.

Einmal kommt in der Bibel der Name *Beelzebul* vor als Bezeichnung für den Obersten der Teufel (Matth. 12,27). Dieser Name bedeutet „Herr der Fliegen und der Fäulnis". Damit wird wieder etwas vom Wesen des Feindes angedeutet. Er bringt überall Fäulnis, Verderben, Auflösung. Er sät den Fäulniserreger ins Leben der Gesellschaft. Er verdirbt alles durch Unmoral und Korruption. Er fördert die sittliche Fäulnis, bis ganze Völker sich in scheußlichem Gestank auflösen.

Jesus bezeichnet den Teufel als *Mörder von Anfang an.* Mörder wollen umbringen, töten. Sie morden planmäßig, haßerfüllt, mit Absicht. Jeder Mord trägt die grauenvolle Handschrift des Teufels. Als die Juden Jesus töten wollten, da sagte er ihnen schonungslos, woher solche Gedanken kommen: „Ihr habt den Teufel zum Vater. Der ist von Anfang an ein Mörder gewesen" (Joh. 8,44).

Der Teufel mag noch so süß lächelnd auf einen Menschen zugehen, er hat doch nur eines im Sinn: ihn zu ermorden. Er will uns alle in den ewigen Tod, in die Hölle bringen. Schon den ersten von Menschen geborenen Mann machte er zum Brudermörder, und heute ist es soweit, daß die meisten Menschen sich daran gewöhnt haben, daß man einander umbringt, sobald man meint, der andere stehe einem im Weg. Je mehr die Menschen Gott aus den Augen verlieren, desto ärger wird es mit dem Triumph des Mörders von Anfang an.

Jesus bezeichnet den Teufel auch als *Vater der Lüge*. „Er hat keinen Sinn für die Wahrheit. Wenn er lügt, gibt er seinem Wesen Ausdruck, denn er ist ein Lügner und ein Vater derselben" (Joh. 8,44b). Der Teufel lügt, sogar wenn er die Wahrheit sagt. Alles was er tut, ist falsch, irreführend, voll geheimer, böser Absicht. Wenn er so tut, als sei er für die Gerechtigkeit, dann nur, um das Recht zu verfälschen. Er mischt kleine Tropfen von Lüge in den Becher der Wahrheit, und die Menschen merken nicht, daß alles vergiftet ist. Erkennen wir nicht, wer dahinter steckt, wenn wir mitmachen bei Halbwahrheiten, bei Übertreibungen, Heucheleien und falschen Gerüchten?

Zum Lügenwesen des Teufels gehört auch seine Verstellungskunst. Er kommt als Wolf im Schafspelz oder gar als Engel des Lichts. Er spielt sich auf als Wohltäter, als Eiferer für Gott, ja sogar als Helfer und Verteidiger der Armen.

Schließlich möchte ich hier noch einen besonders typischen und gefährlichen Charakterzug Satans nennen: Er ist ein Gegner des absoluten, einseitigen Gottesdienstes. Heute würde er sich wohl als Vertreter eines gesunden Pluralismus bezeichnen.

Elia stellte die Israeliten vor die Entscheidung: Sie sollten entweder Baal anbeten oder Jahwe; entweder-oder. Und Jesus sagt, man könne nicht Gott und dem Mammon dienen. Solchen einseitigen Fanatismus mag der Teufel nicht. Er sagt den Leuten nie, sie sollten Gott absagen. Er schlägt nur vor, man solle nicht so stur sein. Es würde nicht schaden, ja es wäre vielmehr eine Bereicherung, wenn man ein bißchen Baal und ein bißchen Gott dienen würde. Andere Götter seien doch auch nicht so blödsinnig intolerant. Das alte Volk Israel hatte auf diesem Gebiet eine richtige Meisterschaft entwickelt. Die verschiedenen Götzenaltäre standen friedlich nebeneinander. Und der unerschrockene Prophet Hosea muß seinem Volk sagen: „Ihr habt einen Hurereigeist in euren Herzen" (Hos. 5,4).

Hurerei, das heißt, ein Mann denkt, er könne mit mehreren Frauen Gemeinschaft haben. Oder eine Frau hält es nicht für nötig, sich auf einen einzigen Mann zu beschränken. Diese

Verpflichtung auf eine Person, diese absolute Treue zum einen Partner, das hält man für unzumutbare Einseitigkeit.

Welch ein tiefes Geheimnis, welch eine Weisheit hat Gott ins menschliche Leben eingebaut, als er verordnete: Nur ein Mann mit nur einer Frau, fürs ganze Leben, komme was mag! Die Ehe enthält absolute göttliche Einseitigkeit. Die Unzucht ist verwandt mit jenem Wesenszug des Teufels, der Untreue als gesunde Vielfalt bezeichnet.

Nur das Christentum sei so engherzig, behauptet der Teufel. Man kann sehr wohl zwei Herren dienen. Man kann auf beide Seiten hinken. Man braucht es mit der Treue nicht so genau zu nehmen. Die Teufel glauben doch auch, und der Satan kann die Bibel bestens zitieren, wenn sie in sein Konzept paßt. Er macht den Leuten vor, sie brauchten doch den Reichtum der schönen weiten Welt nicht links liegen zu lassen, sie könnten ruhig an Gott glauben – und daneben auch noch über den Zaun in andere Gärten gucken.

Jesus aber, der die Wahrheit in Person ist, sagt genau das Gegenteil!

Kapitel 6

Ursprung und Wirkungsbereich des Feindes

Ich sagte schon, daß der Teufel sich gerne den Anschein gibt, er sei tolerant. Er empfiehlt den Menschen, mehrere Götter nebeneinander gelten zu lassen. Er tut, als sei er bereit, den Thron mit dem höchsten Gott zu teilen. Aber auch in diesem Punkt erweist er sich als der ewige Lügner. Er unterstützt die Halbheit nur, solange er die Leute noch nicht ganz unter seiner Knute hat. Sobald er sich für stark genug hält, zeigt er sein wahres Gesicht, das des härtesten Sklavenhalters. Nun duldet er kein Abweichen mehr.

Das Endziel des Teufels ist klar. Er will die absolute Weltherrschaft. Er will eine Welt ohne Gott. In Offb. 13,6.7 wird der teuflische Staat beschrieben: „Das Tier riß sein Maul auf und lästerte Gott, zog Gottes heilige Würde in den Schmutz und verhöhnte das himmlische Heiligtum und alle, die dort wohnen. Und Gott erlaubte ihm, die Gemeinde der Christen zu verfolgen und zu unterwerfen, und es hatte Macht über alle Stämme und Völker, Sprachen und Nationen der Menschen."

Der Teufel wird also sein Ziel beinahe erreichen. Gott erlaubt ihm eine bestimmte Zeit, seine Empörung auszutoben.

Wann hat die Wirksamkeit des Teufels auf Erden angefangen? Darüber gibt es nur unsichere Vermutungen.

Vielleicht haben Sie schon von der Theorie gehört, die lehrt, im ersten Kapitel der Bibel sei zwischen dem ersten und dem zweiten Vers eine Katastrophe geschehen, verursacht durch den Teufel. Der erste Vers lautet: „Am Anfang schuf Gott Himmel und Erde." Der zweite Vers fährt fort: „Und die Erde war wüst und leer." Die Katastrophentheorie sieht hier einen Mißklang und glaubt deshalb: Vers 1 berichte von der ersten Schöpfung, und die sei schön und vollkommen gewesen, denn Gott schaffe niemals etwas Häßliches. Wenn also Vers 2 sagt, die Erde sei wüst und leer, dann müsse etwas Schreckliches vorgefallen sein. Der hebräische Ausdruck für „wüst und leer" heißt „Tohuwabohu", und das bedeutet Durcheinander. Nun wissen wir, daß der alte griechische Name des Teufels *Diabolos* ist, zu deutsch „Durcheinanderwerfer". Es wäre also möglich, daß das große Durcheinander von Vers 2 durch den großen Durcheinanderwerfer verursacht worden wäre.

Es gibt bekannte gläubige Bibelausleger, die diese Theorie vertreten. Mir scheint aber nach gründlichem Studium der Schrift doch eher richtig, die zwei Verse folgendermaßen zu verstehen: Vers 1 ist lediglich die Überschrift: „Am Anfang schuf Gott Himmel und Erde", und dann beginnt mit Vers 2 der Bericht über den eigentlichen Vorgang. Am Anfang war die Erde noch ein Haufen ungeordneter Materie, der erst nach und nach durch Gottes Geist geordnet und belebt wurde.

Andere Ausleger meinen, das Böse sei mit dem Sündenfall in die Welt gekommen. Damals, mit dem Auftreten der Schlange (1. Mose 3), habe das Böse seinen Anfang genommen. Wenn Paulus an die Römer schreibe: „Durch einen Menschen ist die Sünde in die Welt gekommen" (Röm. 5,12), sei dies dahingehend zu verstehen, daß erst durch Adams Ungehorsam das Böse Raum gewonnen und diese Erde in Besitz nehmen konnte. Doch dies ist eine Annahme. Wir wissen nicht, wie lange vorher der Teufel schon als Widersacher Gottes in der unsichtbaren Welt zu wirken versuchte.

Eine andere wichtige Frage lautet: Wie weit reicht das Herrschaftsgebiet, der Einflußbereich des bösen Feindes? Das Neue Testament nennt den Satan mehrmals den Fürsten, den Herrn dieser Welt (Eph. 6,12; Joh. 12,31; 14,30). Einmal wird gesagt, er herrsche in der Finsternis dieser Welt, ein andermal, er herrsche im Luftraum über der Erde. Ein bekannter Gottesmann meint, der Satan und seine bösen Geister seien beschränkt auf den Luftraum über der Erde und auf das Erdinnere. Dann hätten ja die paar Menschen, die auf den Mond fliegen durften, das Glück gehabt, sich für einige Stunden in einer Welt zu bewegen, wo der Teufel keinen Zutritt hat! Wenn wir uns also auf einem weit entfernten Stern niederlassen könnten, wäre dann das Problem des Bösen gelöst?

Wir merken schon, solche Theorien stehen auf wackligen Füßen. Wahrscheinlich dürfte schon eher stimmen, daß der Teufel überall dort Zutritt hat, wo vernunftbegabte Wesen sind, wo Gottes Herrschaft durch Störung und Verführung angetastet werden kann. Mir scheint es unwahrscheinlich, daß in jenen Höhen, in denen unsere Lunge nicht mehr atmen kann, auch dem Teufel die Luft ausgeht.

Heute wissen wir, daß unsere Erde im Weltall nur ein winziges Staubkörnchen ist. Ob der böse Störenfried sonstwo in fernsten Sternenwelten noch am Werk sein darf, wissen wir nicht. Wahrscheinlich denken wir hier doch allzu erdgebunden.

Eines aber ist klar: Auf unserer Erde ist der Satan mächtig. Er maßt sich an, dem Herrn Jesus alle Reiche der Erde zu geben, und Jesus bestreitet diese Möglichkeit nicht (Luk. 4,5–8).

Die Bibel berichtet auch, daß der Teufel Zutritt hat zum Ratsaal Gottes. Wenn Gott mit seinen Engelfürsten eine Besprechung abhält, findet sich auch der Teufel ein (Hiob 1,6), und Gott billigt ihm erstaunlich große Befugnisse zu. Es ist unheimlich zu denken, daß der Teufel die Möglichkeit hat, die Gläubigen, die er nicht mehr beherrschen kann, scharf zu beobachten und dann vor Gott die Echtheit ihres Glaubens anzuzweifeln. Welche Fragezeichen würde er wohl hinter unser Leben setzen?

Nun will ich mich noch einem ganz besonderen Problem zuwenden: Wir haben bisher vom Teufel als Person in der Einzahl gesprochen. Viele Bibelstellen deuten aber an, daß es ein Reich der Finsternis gibt und daß es von zahlreichen Gewaltigen beherrscht wird. Jesus sagt, das ewige Feuer sei dem Teufel und seinen Engeln bereitet (Matth. 25,41). Eine seltsame Bibelstelle finden wir auch in Daniel 10,13. Da begegnen die Engelfürsten Gottes einem feindlichen Engelfürsten, der Gewalt über ein bestimmtes Gebiet ausübt.

Es scheint, als habe Satan sein Reich recht gut organisiert. Es gibt dort verschiedene Rangordnungen. Ein riesiges Heer von bösen Geistern steht ihm zur Verfügung. Einmal fragte Jesus einen Dämon nach seinem Namen. Dieser antwortete: „Ich heiße Legion; denn wir sind unser viele" (Mark. 5,9). Als der Teufel sich gegen Gott empörte, da riß er viele Engel mit sich ins Verderben. Einige Prediger meinen, der einstige Lichtengel habe ungefähr ein Drittel der Engelscharen mit in die Rebellion hineingezogen. Ich habe aber in der Bibel für diese Zahl keinen Hinweis gefunden.

Der Teufel bemüht sich, mit Hilfe seiner bösen Geister eine Welt aufzubauen, in der Gott keinen Platz mehr hat. Alle Menschen, die sich nicht bewußt unter die Herrschaft Jesu stellen, die spannt der Teufel in seine Pläne ein.

Gott will eine Welt, die auf Recht, Opfer und Liebe aufgebaut ist. Satan stellt sein Reich auf die Grundsätze der Habsucht, der Macht, des Stolzes und der unersättlichen Gier.

In welcher Welt sind wir zu Hause?

Kapitel 7

Sind wir dem Verführer wehrlos ausgeliefert?

Wenn man unsere arme, unglückliche Welt betrachtet, dann möchte man manchmal fragen: Ist denn überall der Teufel los? Ja, in der Tat, der Teufel *ist* losgelassen! Er geht umher wie ein brüllender Löwe und sucht die, die sich verschlingen lassen (1. Petr. 5,8).

Er verfügt über große Macht und hat viele Helfershelfer. Er behauptet frech, ihm gehöre jetzt schon die ganze Welt.

Aber hier erheben wir Einspruch. Das ist nicht wahr, daß der Teufel machen kann, was er will! Weil Gott den Menschen zum Freund, Gesprächspartner und Mitarbeiter haben wollte, hat er ihm einen freien Willen gegeben. Gott selbst hält sich unbedingt an die Entscheidungsfreiheit des Menschen. Und der Teufel ist ebenfalls gezwungen, diese Grenze zu respektieren. Er kann über die Menschen nicht nach Belieben verfügen.

Er kann sie umschleichen wie ein hungriger Löwe. Er kann ihnen Fallen stellen wie ein Jäger. Er kann sie bearbeiten durch Lockungen und Drohungen, aber das Recht, sie als sein Eigentum zu beanspruchen, das muß er sich erst noch erwerben.

Die Geschichte Hiobs gibt uns da wertvolle Einblicke: Der Satan behauptet, auch der fromme Hiob stehe nur scheinbar auf Gottes Seite. Gott habe ihn durch großartige Gunsterweisungen „gekauft". Zuletzt werde aber auch Hiob – wie alle anderen Menschen – Gott davonlaufen und zum Feind übergehen, wenn sich die Gottesfurcht nicht mehr auszahle. Gott erlaubt dem Satan einen Angriff auf Hiob, doch er setzt ihm klare Grenzen, die er keinesfalls überschreiten darf.

Satan durfte beinahe alles anwenden, um Hiob zum Abfall von Gott zu bewegen, aber seine Rechnung ging nicht auf. Hiob hielt fest an Gott, und daran konnte Satan nichts ändern. Wir brauchen nicht des Teufels Genossen zu sein. Wer in des Teufels Klauen ist und drin bleibt, der hat ja dazu gesagt.

Es ist eine uralte teuflische Behauptung, mit der Treue der Christen und mit ihrer Liebe zu Gott sei es nicht weit her. Der Teufel setzt Fragezeichen hinter die Echtheit der Frommen. Wenn Frommsein kein rentables Geschäft mehr sei, dann ade alle Frömmigkeit!

Ja, der Teufel weiß genau, was er sagt! Leider haben wir Menschen es tausendfach bewiesen, daß das Christsein bald aufhört, wenn's ums liebe Geld geht. Wer hält schon an Gott fest, einfach weil Gott Gott ist, auch wenn dabei kein Vorteil mehr herausschaut?

So denkt auch Hiobs Frau, und darum rät sie: „Mach Schluß! Sage Gott ab!" (Hiob 2,9). Aber das kommt für Hiob nicht in Frage, denn er weiß, daß Gott lebt und daß Abfall von ihm total sinnlos wäre. Darum kann der Teufel bei Hiob nichts ausrichten.

Was für eine Tragik ist es doch, daß die Hiobs heute so selten geworden sind, daß immer mehr Menschen dem Beispiel seiner Frau folgen und sich von Gott lossagen. Dabei ist ganz klar: Wer sich mit dem Teufel einläßt, wer auf seine Stimme hört, der wird von ihm in die Sklaverei entführt. Jesus sagt: „Wer Sünde tut, der ist der Sünde Knecht" (Joh. 8,34). Der Teufel versucht mit allen Mitteln, uns zu locken, uns zu fangen. Er will unser Herr sein, aber das kann er nur, wenn wir es gestatten.

Wenn Gott einen Menschen versucht, dann handelt es sich stets um eine Bewährungsprobe. Gott möchte unsere Treue prüfen, und er hofft, daß wir die Prüfung bestehen. Versucht hingegen der Teufel einen Menschen, dann stellt er ihm eine Falle, oder er sucht ihn auf einen Irrweg zu locken, wobei er immer hofft, daß wir zu Fall kommen.

In der Bibel finden wir eine ganze Reihe von Geschichten, aus denen wir ersehen können, was für Verführungsmethoden Satan anwendet. Denken wir nur an die Geschichte vom Sündenfall, dann an den traurigen Ehebruch Davids oder an die Versuchung Jesu: Bei Adam und Eva knüpft der Teufel ein Gespräch an, zunächst recht harmlos, aber bald schon streut er einige Gedanken des Zweifels und Anreize zu ungesunder Begierde hinein. Bei David sorgt der Verführer für lockende Bilder. (Aber auch süße Musik leistet hier zuweilen „gute Dienste"!) Irgendwo ist fast jeder Mensch ansprechbar, läßt sich das Feuer der sinnlichen Lust entfachen – und schon besteht Gefahr, daß wir den klaren Kopf verlieren.

Bei Jesus benutzt der Versucher eine kritische Situation zum Angriff. Wenn wir müde und einsam sind und nicht wissen, wie es weitergehen soll, dann kommt der Teufel und bietet uns einen Ausweg an. „Sprich zu diesen Steinen, daß sie Brot werden! Beweise durch einen Sprung von der Tempelmauer, daß du Gottes Sohn bist! Bete mich an, damit dir die Weltherrschaft ohne Mühe und vor allem ohne die Schmach des Kreuzes zufällt!"

Es kann aber auch am Tage nach einem großen Sieg gefährlich für uns werden. Auf dem Karmel hatte der Prophet Elia vor allem Volk einen großartigen Triumph erlebt. Gott hatte auf sein Gebet Feuer vom Himmel fallen lassen. Zwei Tage später liegt Elia verzweifelt in der Wüste unter einem Wacholderbusch. – Ja, auch große persönliche Siege kann der Feind ausnützen, um uns zu Fall zu bringen!

Die Argumente, die der Teufel vorbringt, sind immer wieder ähnlich, und leider hat er bis heute guten Erfolg damit.

Eva redet er zu, sie brauche Gottes Wort nicht so ernst zu nehmen. Sie werde wegen eines kleinen Ungehorsams doch nicht sterben! Und dann zerstört er bei Eva das kindliche Vertrauen in Gottes Güte. Er redet ihr ein, Gott wolle sie unten halten und nicht zulassen, daß die Menschen zu ihrem Glück gelangen. Wirklich, es ist teuflisch, wie die Schlange der Eva mit wenigen Worten jene so ganz andere Einstellung beibringt: Was Gott sagt, das gilt nicht, und was Gott beabsichtigt, das ist unrecht.

Der Teufel kann die Dinge so darstellen, daß die Sünde nicht nur harmlos, sondern geradezu notwendig erscheint. „Eva, das kann doch nicht so schlimm sein, ein wenig von der verbotenen Frucht auszuprobieren, und zudem kann Gott euch doch nicht verbieten zu wissen, was gut und böse ist. Das *muß* man doch wissen! Gott kann euch doch nicht ständig wie kleine Kinder am Gängelband führen. Das dürft ihr euch wirklich nicht mehr länger bieten lassen. Das geht zu weit! Höre auf mich! Nimm die Frucht! Du wirst sehen, es ist eine harmlose aber lohnende Sache."

Jesus in der Wüste hört ähnliche Argumente: „Du hast ein Recht auf genügend Brot. Aus Steinen Brot machen, das kann doch nichts Böses sein. Du brauchst Brot, um deinen Hunger zu stillen. Brot steht dir doch zur Verfügung, wann immer du willst. Frage nicht, woher es kommt! Nimm einfach, was du brauchst!"

Und wie tönt es heute, wenn die Leute den Ehebruch rechtfertigen? Man kann doch nicht verlangen, daß gesunde Menschen leben, ohne ihren sexuellen Hunger zu stillen! Das wäre ja unmenschlich! Natürlich haben sie das Recht, das Verlangen dort zu stillen, wo sich die Möglichkeit bietet, Ehe hin oder her! Es ist des Teufels Stimme, die dich anspornt: „Sieh, welch eine gute Gelegenheit! Nütze sie! Du hast das Recht dazu! Frage nicht lang nach den Hintergründen.

Schau dich doch nur mal um! Andere tun's doch auch. Wenn viele dasselbe tun, kann es doch nicht so übel sein. Du bist beinahe der letzte, der hier noch Bedenken hat. Nur frisch gewagt!"

Freunde, kennen wir diese Stimme, haben wir gemerkt, wer so spricht?

„Wacht und betet," mahnt uns Jesus, „damit ihr nicht in Anfechtung fallt!"

Ich möchte jetzt noch auf zwei gefährliche Schliche des Teufels hinweisen, mit denen er die Menschen zu fangen sucht:

Die eine Methode wandte er bei Jesus an. Jesus ist der Sohn Gottes, der Welterlöser, doch die Menschen merken es nicht. Jesus hat einen langen, schweren Weg der Schmach und des Leidens vor sich. Zuletzt wird Gott ihm alle Gewalt übergeben im Himmel und auf Erden, und einmal werden ihn alle Geschlechter der Erde erkennen und vor ihm niederfallen. Doch bis dahin ist noch ein weiter Weg. Könnte da Jesus nicht erschrocken zurückweichen, wenn er sieht, wie schrecklich das Kreuz ist, das auf ihn zukommt?

Da meldet sich der Teufel und bietet ihm einen viel leichteren Weg an: „Produziere doch ein sensationelles Wunder, das alle Zweifel umwirft! Beweise durch einen Sprung von der Tempelmauer, daß du Gottes Sohn bist. Statt ans Kreuz zu gehen, nimm sofort den Königsthron ein! Du kannst es! Der Weg, den ich dir zeige, ist viel kürzer als der Kreuzesweg: Bete mich an, und du bist König der ganzen Welt!"

Das ist eine teuflisch gefährliche Verlockung: „Du hast ein schönes, hohes Ziel. Der Weg, den du eingeschlagen hast, ist aber gar mühsam und lang. Ich biete dir eine viel leichtere

Lösung an. Was kämpfst du dich müde auf dem schweren Kreuzesweg? Hier, greife zu, du kannst dein Ziel mit meiner Hilfe beinahe mühelos erreichen."

Wie viele haben in schweren Stunden auf jene Stimme gehört, die ihnen anbot, das Kreuz zu umgehen! Der Weg schien so lang und dunkel, und plötzlich war da diese verblüffend einfache Möglichkeit. Man brauchte nur zuzugreifen. Der Preis schien wirklich nicht zu hoch: Man brauchte nur einen Knicks zu machen, nur ein bißchen Respekt zu zeigen vor dem Herrn dieser Welt. Man tat es zwar nicht gerade freudig, aber wenn man sich das Erwünschte dadurch schnell und sicher verschaffen kann – wer würde sich das nicht überlegen? Ja, der Teufel ist ein guter Rechner! Er weiß, daß recht viele einschlagen, wenn er ihnen einen billigeren Weg anbietet.

Die andere Methode, mit der der Teufel sehr erfolgreich arbeitet, ist die Verharmlosung. Einmal ist keinmal. Die Schlange im Paradies verharmlost die Gefahr: „Ihr werdet keineswegs des Todes sterben" (1. Mose 3,4). „Laß dir doch nicht gleich Angst einjagen! Gott ist doch kein Polizist, der immer hinter dir her ist. Nimm es doch nicht so genau. Schließlich geht es hier nicht um Mord und Totschlag. Du wirst sehen, es passiert überhaupt nichts, auch wenn du dieses eine Mal etwas über die Stränge schlägst. Einmal ist doch keinmal. Gott wird dir's bestimmt nicht übelnehmen. Sei nicht so fanatisch, gib einmal ein wenig nach. Hinterher wirst du über dein zartes Gewissen lachen!"

Ach, wie viele lassen sich einwickeln von den schlauen Verführungskünsten des Teufels!

Dabei sind wir dem Feind keineswegs so hilflos ausgesetzt, wie mancher jetzt vielleicht befürchtet. Im Gegenteil, wir können uns einige Verhaltensweisen zu eigen machen, die im Kampf gegen die Finsternis außerordentlich wirksam sind. Ich will im folgenden kurz die wichtigsten Punkte aufzeigen:

1. Leihe dem Feind niemals dein Ohr!

Manchmal spricht uns ein Unbekannter an, und wir brauchen etwas Zeit, bis wir merken, mit wem wir es zu tun haben. Eva hat offenbar auch zu lange nicht begriffen, wer aus der Schlange sprach. Aber von dem Augenblick an, da die Schlange Gott als

Lügner hinstellte, hätte bei Eva der Groschen eigentlich fallen müssen. An diesem Punkt wäre es höchste Zeit gewesen, die Diskussionen abzubrechen.

Wenn wir am Telefon angerufen werden, dann wissen wir zuerst meist nicht, wer am andern Ende des Drahtes sitzt. Nachdem wir den Anrufer erkannt haben, werden wir wahrscheinlich entweder herzlich, geschäftlich kalt oder aber abweisend weitersprechen. Es soll sogar ungehobelte Zeitgenossen geben, die sofort einhängen, wenn sie etwas gegen den Anrufer haben. Das habe ich selbst zwar noch nie gemacht, doch ich würde es ohne weiteres tun, sollte ich einmal merken, daß der Teufel am andern Ende ist und mich zu sprechen wünscht. Mit dem lasse ich mich grundsätzlich auf kein Gespräch ein.

Es muß bei mir im Innersten wie vor der Welt jeden Augenblick klar sein, auf welcher Seite ich stehe. Ich gehöre ganz zu Jesus. Das möchte ich äußerlich und innerlich betonen. Mein Standort, meine Haltung, meine Worte und Taten sollen darüber keinen Zweifel aufkommen lassen. Darum halte ich mit dem Teufel keine Konferenzen ab. Ich will mir seine Argumente gar nicht erst anhören, selbst wenn man mich deshalb einen Dummkopf schelten sollte.

2. Es gilt, den Versucher zu durchschauen

Durch die Bibel und durch die Lebenserfahrung sollten wir allmählich klüger werden, so daß wir die Absichten des Versuchers durchschauen lernen. Wir wissen ja, wie er vorzugehen pflegt und was er im Sinne hat. Wir wissen auch, was für uns auf dem Spiel steht. Und wenn die Stimme des Feindes sich verstellt, ja selbst wenn er wie ein Engel des Lichts daherkommt, wir können den argen Verführer entlarven, wenn wir ihm das Wort Gottes entgegenhalten. Möchten wir doch die geistliche Zielklarheit erreichen, die Jesus erfüllte! Er erkannte sogar in den gutgemeinten Ratschlägen seines Jüngers Petrus den Satan, der ihn vom göttlichen Weg abbringen wollte.

3. Wachet und betet!

Die Jünger in Gethsemane schliefen, trotz der dringlichen Bitte und Warnung ihres Meisters. Die Stunde der Macht der Finsternis war angebrochen. In wenigen Minuten würden die Häscher kommen, um den Herrn Jesus gefangenzunehmen. Doch die Jünger konnten dem Schlaf nicht widerstehen. Sie waren zu kraftlos, um zu beten, und deshalb dann auch zu schwach, um sich zu Jesus zu bekennen. Sie liefen alle davon, um ihre eigene Haut zu retten.

Es kann Stunden teuflischer Angriffe geben, da gilt nur eines: Durchhalten mit Wachen und Beten! Sonst fallen wir trotz guter Vorsätze und vielleicht sogar tapferer Gegenwehr um wie hingemähte Grashalme.

4. Wir müssen die geistliche Waffenrüstung gebrauchen lernen

Paulus ruft uns zu: „Ihr wißt, daß ihr nicht mit Fleisch und Blut zu kämpfen habt, sondern mit Fürsten und Gewaltigen, mit den Herren der Welt. Darum zieht die Waffenrüstung Gottes an" (Eph. 6,12ff).

Der Glaube ist der Schild, mit dem man die feurigen Pfeile des Bösen abwehren kann. Solange wir daran festhalten, daß Jesus lebt und siegt und daß er auf unserer Seite steht, kann der Feind sein verheerendes Feuer nicht an uns legen. Weil wir wissen, daß Jesus für all unsere Sünden bezahlt hat, kann der Feind uns nicht mit Hieben verletzen.

Schließlich müssen wir von Jesus lernen, Gottes Zusagen mit geistlicher Schlagkraft anzuwenden, wenn der Feind uns verführen will. Wir müssen das Wort Gottes stets lebendig in uns tragen und damit umzugehen wissen wie ein geübter Kämpfer mit seinem Schwert. Wenn der Feind uns mit Bibelsprüchen überfällt, dann müssen wir antworten können: „Es steht auch geschrieben!" Schade, wenn uns die passende Antwort immer erst einfällt, wenn's zu spät ist.

5. „Widersteht dem Teufel!"

„Widersteht dem Teufel, so flieht er von euch", ermutigt uns Jakobus. Widerstehen, das heißt festbleiben wie eine Mauer, nein sagen, nicht nachgeben! Wenn der Feind nicht locker läßt, dann rufen wir Brüder und Schwestern zu Hilfe. Wir erklären mit ihnen gemeinsam, daß wir der Sünde den Rücken kehren. Vielleicht müssen wir sogar, wie Joseph damals bei Potiphars Frau, vor der Sünde fliehen. Das ist göttliche Tapferkeit.

6. Wir dürfen den Sieg Jesu beanspruchen

Jesus hat für uns den Feind überwunden. Jesus ist unser Siegesheld. Wir gehören zu ihm. Er deckt uns mit seinem heiligen Blut. Im Namen Jesu dürfen wir dem Teufel die Stirn bieten: „Du hast mir weder Ratschläge noch Weisungen zu geben. Jesus ist mein Herr – dabei bleibe ich!"

Kapitel 8

Satan als Verkläger

Wir haben bereits festgestellt, daß der Teufel nicht nach Belieben mit uns umspringen darf. Er lockt und verführt zwar die Menschen, er ist der Mörder von Anfang an, aber er kann uns nicht einfach umbringen. Er will uns vernichten, doch damit alles mit rechten Dingen zugehe, muß er beweisen, daß wir schuldig sind und die Todesstrafe verdient haben. Wenn es ihm gelungen ist, uns zur Sünde zu verführen, versucht er deshalb hinterher, uns vor Gottes Gericht zu schleppen, um uns dort zu verklagen und ein hartes Urteil gegen uns zu erwirken.

Aber auch uns selbst gegenüber wendet der Teufel die Methode der Anklage an, und zwar mit Hilfe des Gewissens. Welch ein rätselhaftes Organ ist doch das Gewissen des Menschen! Als Adam und Eva die verbotene Frucht gegessen hatten, da meldete sich sofort die innere Stimme und klagte an.

Der Teufel braucht keinen Finger zu rühren. Das Gewissen arbeitet genau. Es erfüllt den Sünder mit Angst und treibt ihn dazu, sich vor Gott zu verstecken. Adam stotterte: „Ich fürchtete mich" (1. Mose 3,10). Das Gewissen kommt dem Teufel sehr gelegen, denn mit seiner Hilfe gelingt es ihm sehr oft, die Menschen zu packen und zu vernichten. Nachdem wir gefallen sind, hat er ein leichtes Spiel, uns einzuhämmern: „Siehst du, was für ein miserabler Kerl du bist! Jetzt ist es aus mit dir. Du bist verloren. Für dich gibt es keine Hoffnung mehr. Am besten bleibst du liegen oder setzt deinem Leben ein Ende!"

Vielen Gläubigen machen die Anklagen des Teufels schwer zu schaffen. Oft merken sie nicht, daß es die Stimme des Feindes ist, die ihnen keine Ruhe läßt. Ständig setzt er ihnen zu: „Du hast versagt. Du versagst immer wieder. Deine Sünde ist zu groß, als daß sie noch vergeben werden könnte. Du hast die Hölle verdient. Gib die Hoffnung auf. Mit Leuten, wie du einer bist, verliert Gott keine Zeit. Du hast dein Urteil in der Tasche!"

Der Teufel möchte damit erreichen, daß wir uns selbst aufgeben und nicht mehr an Gottes Liebe und Vergebung glauben. Er weiß, daß er selbst verurteilt ist. Die Hölle ist ihm gewiß. Deshalb will er den letzten Triumph auskosten, möglichst viele Menschen mit sich ins Verderben reißen zu können. Wir alle kennen jenen teuflischen Diktator – seinen Namen möchte ich gar nicht mehr nennen –, der die ganze Welt erobern wollte. Als er eine Niederlage nach der anderen einstecken mußte, begann er zu ahnen, daß ihm der Untergang drohte. Da erklärte er: „Wenn ich untergehe, dann werde ich nur verbrannte Erde zurücklassen. Ich werde möglichst viele Völker mit in den Abgrund nehmen." – Genauso will der Teufel in mörderischem Haß die Menschen an sich ketten, damit sie mit ihm zur Hölle fahren müssen.

Manchen Christen bereitet es Schwierigkeiten, denken zu müssen, dem Teufel werde es gelingen, den größten Teil der Menschheit mit sich ins Verderben zu ziehen, während nur ein kleines Häuflein durch Jesus gerettet werde. Sollte Jesus nicht einmal in der Lage sein, auch nur die Hälfte aller Menschen der Hölle zu entreißen? Dann würde dem Teufel ja trotz Jesu Erlösungstat die größte Genugtuung zuteil! Dann wäre Gottes Sieg wirklich mager ausgefallen!

Ich denke, hier gehen menschliche Rechnungen nicht auf. Gottes Mathematik arbeitet nach anderen Regeln. Gott hat in seiner großen Heilsgeschichte oft mit kleinen Häuflein herrliche Siege gefeiert.

Ich möchte nun nicht in das Horn derer blasen, die behaupten, es würden am Ende alle, oder doch fast alle, selig. Diese Posaune ist mir zu gefährlich, sie spielt zu viele Mißtöne.

Ich könnte mir aber denken, daß dann, wenn die großen Entscheidungen im Gericht Gottes gefallen sind, nur noch die Leute wirklich zählen, die bei Jesus stehen dürfen. Der Teufel und seine Anhänger sind dann restlos erledigt. Sie wandern ins schrecklichste Museum, das man sich denken kann. Mit ihnen passiert weiter nichts mehr als das, was die Bibel in Jes. 66, 22–24 andeutet: „Ihr Wurm wird nicht sterben, und ihr Feuer wird nicht verlöschen, und sie werden allem Fleisch ein Greuel sein."

Mit den Erlösten aber fängt Jesus die neue Welt an, deren

Leben blühen und gedeihen wird bis in alle Ewigkeit. Der Abschluß des traurigen Kapitels der menschlichen Empörung ist noch lange nicht der Schluß der Wege und Gedanken Gottes. Er hat auch in der Natur und in der Geschichte ständig das Prinzip der Selektion, der Auswahl einiger, angewandt. Wenn in meiner Heimat die Tannenwälder blühen, dann werden Millionen von Staubkörnchen vom Wind verweht. Die Natur leistet sich eine ungeheure Verschwendung. Nur einige hundert Staubkörnchen landen auf den roten Zäpfchen und werden zu neuen Tannen. Gott macht oft aus Wenigem etwas ganz Großes. Deshalb wird zuletzt bestimmt nicht der Teufel der lachende Gewinner sein.

Nun, für ein Weilchen tobt er noch. Und er will nicht nur uns vernichten, er möchte auch Gott besiegen und ausschalten. Er hält Gott vor, daß diese Welt schlecht funktioniert, daß mit den Menschen, auch mit den Frömmsten, kein Staat zu machen und daß im Grunde Gott selbst ein kläglicher Schöpfer und Weltregierer sei. Gott in seiner Majestät aber läßt den Feind eine gute Weile gewähren. Zuletzt gestattet er ihm sogar, einen Generalangriff zu starten: Gott selbst soll vom Thron gestürzt werden! Eine schöne glückliche Welt *ohne Gott* soll entstehen!

Diese Töne hört man heute schon recht deutlich: Die „Hypothese Gott" ist überflüssig geworden. Man kann diese Welt regieren, man kann ihre Probleme lösen, ohne Gott dafür zu benötigen. Es geht sogar besser ohne ihn. Du lieber alter Gott im Himmel, wird dir denn nicht bange um deinen Thron? Wenn man zur Zeit des Antichristen einmal die großen sozialen und politischen Probleme ohne Gott „perfekt" gelöst haben wird, dann wird der Teufel triumphieren: „Ich hab's geschafft. Gott ist erledigt. Es geht auch ohne ihn!"

Ja, der Teufel hat es von Anbeginn darauf abgesehen, den herrlichen, dreimal heiligen Gott herauszufordern, zu beleidigen und zu bekämpfen! Er versucht, die Leute dazu zu bringen, daß sie erklären, sie stünden auf seiner Seite. Daraus möchte er eine Anklage gegen Gott fabrizieren: „Siehst du, lieber Gott, die Menschen neigen doch stärker zu mir als zu dir. Sie empfinden mehr Zuneigung zu mir. Es paßt ihnen besser bei mir. Wenn's aufs Ganze geht, dann bleibt kaum einer auf deiner Seite!"

Des Teufels Methode gleicht derjenigen eines Polizeispitzels, der die Leute in eine Falle lockt, sie zu Straftaten verleitet, um sie dann sogleich zu verhaften. Ein ehrlicher Polizist würde so etwas bestimmt niemals tun. Vom Teufel aber kann man wohl kaum Besseres erwarten. Er lockt und verführt die Menschen, und gleich anschließend dreht er ihnen einen Strick daraus. Mit geheucheltem Gerechtigkeitssinn tritt er als braver Staatsanwalt vor Gott. Der Teufel, der Lügner und Mörder, der Erzschuft von altersher, sagt zu Gott: „Gerechter Herr, hier bringe ich dir einen Missetäter. Wenn du wirklich gerecht bist, kannst du den nicht ungestraft lassen. Du hast selber gesagt, wer dies oder jenes tut, hat den Tod verdient. Nun verlange ich gerechte Strafe."

Auf eine Kategorie von Menschen hat es der Teufel ganz besonders abgesehen, nämlich auf die Christen. Die Gottlosen hat er sowieso in der Tasche, ihre Verurteilung ist nicht schwer zu erreichen.

Aber die Christen, die bereiten dem Teufel Sorgen. Die sind ihm entwischt. Doch er gibt nicht auf. Tag und Nacht versucht er die Jünger Jesu vor Gott anzuschwärzen. Er paßt genau auf. Er bezweifelt ihre Echtheit. Er verklagt sie, wo er nur kann. Christen sind ja nicht fehlerlos. Und der Teufel tut, als müsse er ständig Gott verteidigen und Gottes Recht schützen gegenüber denen, die Gottes Kinder sind. O ja, über die Gläubigen läßt sich viel Negatives sagen. Über die Frommen kann man die Nase rümpfen, oft sogar mit Recht.

Und wir Christen selbst: Wann merken wir endlich, daß wir genau des Teufels Spiel mitspielen, wenn wir öffentlich oder privat die Brüder und Schwestern verklagen? Mit den Sünden der Heiligen soll man heilig umgehen. Andererseits darf unbereinigte Schuld niemals zugedeckt oder vertuscht werden. Wir sollen vielmehr den Weg der Reinigung gehen, wenn es sein muß unter Tränen der Beugung.

Aber dem Teufel helfen, die Brüder anzuklagen, nein, dazu dürfen wir uns niemals hinreißen lassen! Saul hatte David viel Böses angetan, aber als er gefallen war, weinte David um ihn und rief dem Volk zu: „Sagt es den Philistern nicht. Tragt die Schmach der Brüder nicht zu den Feinden."

Kapitel 9

Das letzte Wort hat Gott!

Wenn wir auf das unheimliche Wirken des Verklägers schauen: müssen wir da nicht verzagen? Ja, wir hätten allen Grund zu verzweifeln, wenn wir aus eigener Kraft versuchen wollten, die gegen uns laufenden Anklagen aus der Welt zu schaffen und den Feind zum Schweigen zu bringen! Jesu stellvertretendes Sterben aber hat alle Anklagen gegen uns zunichte gemacht. Dankbar dürfen wir uns auf das Wort Gottes berufen, das uns zusagt: „Nun sind Heil und Kraft und Herrschaft in der Hand unseres Gottes, und die Macht in der Hand seines Christus, denn der Verkläger unserer Brüder ist gestürzt, der sie verklagte vor Gott Tag und Nacht" (Offb. 12,10).

„Christus hat den Schuldschein genommen, hat ihn zerrissen und ans Kreuz geheftet, an dem er selbst gestorben ist. Damit ist gesagt: Das alles ist wiedergutgemacht. Das alles ist zurückbezahlt" (Kol. 2,14). „Wer an den Sohn glaubt, wird nicht gerichtet" (Joh. 3,18).

„Es gibt jedoch andere Bibelstellen, die behaupten, alle Menschen müßten vor Gottes Gericht erscheinen", wird mancher einwenden, „was ist denn nun richtig?"

Um einen Anhaltspunkt dafür zu bekommen, wie es im himmlischen Gericht etwa zugehen könnte, wollen wir uns einmal vergegenwärtigen, wie dies bei der irdischen Gerichtsbarkeit aussieht: In den Gerichtsgebäuden unserer Welt gibt es meistens verschiedene Abteilungen. Es gibt ein Zivilgericht, ein Scheidungsgericht, ein Strafgericht, ein Appellationsgericht usw.

Auch im göttlichen Gericht scheint es verschiedene Abteilungen zu geben. Es gibt zum Beispiel ein Lohngericht. Davon lesen wir in 1. Kor. 3,12–15. Vor diesem Gericht wird einmal untersucht werden, ob unser Lebenswerk „feuerbeständig" ist, das heißt, ob es vor Gott bestehen kann. Haben wir Holz, Heu,

Stoppeln mitgebracht, dann verbrennt uns alles, und wir stehen mit leeren Händen da. Haben wir Gold, Silber und edle Steine vorzuweisen – gemeint sind damit Werke, die vor Gott bestehen können –, dann werden wir Lohn empfangen. Auch dieses Lohngericht ist eine äußerst ernste Sache, der meist zu wenig Beachtung geschenkt wird.

Viel schwerwiegender aber ist die andere Abteilung, das Gericht, das über Tod und Leben, über Himmel und Hölle entscheidet. Von diesem Gericht haben wir nun zu sprechen.

Sind Sie schon einmal in einem Gerichtssaal gewesen? Sie kennen wohl die Sitzordnung. Vorne, etwas erhöht, sitzt gewöhnlich der Richter. Oft sind es sogar mehrere. Direkt unterhalb des Richters ist der Platz des Angeklagten und ganz in seiner Nähe derjenige seines Verteidigers. Das ist der Mann, der die Aufgabe hat, für den Freispruch des Angeklagten zu kämpfen. Er soll wenn möglich dessen Unschuld beweisen und den Richter günstig stimmen.

Auf der anderen Seite des Saales sitzt der Staatsanwalt. Das ist der Ankläger. Er ist wohl der gefürchtetste Mann im Saal. Vor ihm auf dem Tisch liegt gewöhnlich ein ganzer Stoß Akten, manchmal zusammengestellt zu einem dicken Buch. Das ist die Anklageschrift. Der Ankläger hat sich sorgfältig vorbereitet. Er hat alles zusammengetragen, was an Belastendem gegen den Angeklagten vorliegt. Und er kennt die Strafgesetze ganz genau. Er weiß, gegen welche Gesetzesparagraphen der Angeklagte sich vergangen hat.

Wenn der Ankläger seine Rede hält, dann zählt er alle Missetaten des Angeklagten peinlich genau auf. Er schildert dessen Bosheit in allen Farben, zählt alle Gesetze auf, gegen die der Angeklagte verstoßen hat, und fordert im Namen des Gesetzes eine gerechte Bestrafung. Es geht dem Ankläger darum, den Richter von der Schuld des Angeklagten zu überzeugen, alles Beweismaterial vorzulegen und die Strafe zu erwirken, die das Gesetz für den betreffenden Fall vorsieht.

Nun wollen wir im Geiste einmal einer Gerichtsverhandlung im Himmel beiwohnen. Die Bibel spricht mit großem Ernst vom ewigen, göttlichen Gericht. Wir gehen also in die Abteilung, wo über Tod und Leben, über ewige Seligkeit und Verdammnis entschieden wird. Nun sind Sie dran, lieber Freund. Heute wird Ihr Fall aufgerollt. Sie sind der Angeklagte. Wie mag Ihnen zumute sein?

Sie sind ein Jünger Jesu, haben ihn im Glauben als Herrn und Erlöser angenommen. Nun sehen Sie sich einmal dieses Gericht an. Wer sitzt auf dem Richterstuhl? Jesus Christus! Ihm hat der Vater das Gericht über die ganze Menschheit übertragen. Wer sitzt bei Ihnen als Ihr Verteidiger? Auch Jesus Christus. Er hat sich schon immer beim Vater für Sie eingesetzt. Er ist Ihr Fürsprecher, der alles aufwenden will, um Sie vor Strafe zu schützen. Er versteht und liebt Sie, er steht ganz auf Ihrer Seite.

Aber dort ist auch der Tisch des Anklägers. Dort sitzt der gefürchtete Mann, der fest entschlossen ist, Sie in die Hölle zu bringen. Wissen Sie, wie er heißt? Es ist Ihr mächtiger Todfeind, der Teufel. Der kennt Sie genau. Er hat Sie Tag und Nacht beobachtet, und er hat alles festgehalten, was er gegen Sie vorbringen könnte. Er hat schon oft versucht, Gott gegen Sie aufzustacheln. Tag und Nacht hat er Sie verklagt. Er hält eine dicke Anklageschrift gegen Sie bereit. Sie werden es selbst wissen: Er kann schon einiges gegen Sie vorbringen!

Doch nun schauen Sie noch einmal genau nach dem Platz des Anklägers: Sehen Sie denn nicht? Der Stuhl ist ja leer! Der Ankläger ist verschwunden. Er ist nicht mehr im Himmel. Was ist denn hier vorgegangen? Ist der Teufel aus dem Gerichtssaal verjagt worden, oder hat er von sich aus den Platz geräumt? Nun, genau weiß ich es nicht. Es würde mich aber nicht wundern, wenn er Hals über Kopf davongerannt wäre. Was hätte er denn hier noch ausrichten können? Richter und Verteidiger stecken ja unter einer Decke. Jesus Christus, Ihr Richter, ist Ihr bester Freund, ein Freund, der Ihre Strafe bereits beglichen hat, indem er sie selbst bezahlte. Ihr Verteidiger, ebenfalls Jesus, steht für Sie gerade. Er kennt Sie durch und durch. Er weiß, daß Ihre Schuld längst erledigt ist. Er will deshalb auf keinen Fall, daß Sie bestraft werden.

Und was für den Ankläger die ärgste Katastrophe ist: Die Anklageschrift ist ihm abhanden gekommen. Was soll ein Ankläger ohne Anklageschrift? Er muß sie wohl oder übel suchen gehen. Nun, wir könnten ihm auf die Spur helfen. An Anklagepunkten gegen Sie mangelte es ja nicht, der Teufel hat tüchtige Arbeit geleistet. Mit diesem schrecklichen Schuldbrief könnte er Sie fertigmachen. Aber wo ist denn die Anklageschrift? Schauen wir doch einmal nach Golgatha: Dort am Kreuz ist Ihr Schuldbrief angeheftet! Wie sieht er aus? Er ist zerrissen und rot durchgestrichen. Quer darüber steht mit großen Buchstaben geschrieben: „Bezahlt, erledigt."

Wenn nun aber der Teufel Ihren alten Schuldbrief trotzdem herbeischaffen wollte? Nun, gegen das Kreuz hat er eine ausgeprägte Abneigung. Er mag sich nicht in die Nähe des Kreuzes begeben und schon gar nicht das Kreuz berühren. Aber selbst wenn er es wagen würde, was könnte er schon mit einer zerfetzten, durchgestrichenen Anklageschrift anfangen!

So ist das also mit Ihrer Gerichtsverhandlung! Wenn Sie dem Herrn Jesus angehören, dann steht Ihr Name in seinem Lebensbuch, dann gehören Sie zu den Jesusleuten. Für Jesusleute aber gibt es keine Gerichtsverhandlung mehr, die über Leben oder Tod, Freispruch oder Verurteilung zu befinden hat. Nachdem Anklageschrift und Ankläger verschwunden sind und der Richter zudem ihr bester Freund ist, hätte dies doch keinen Sinn mehr.

Das heißt jedoch nicht, daß Sie zu Unrecht freigesprochen sind. Die Verhandlung hat damals stattgefunden, als Sie Ihre Sündengeschichte mit Jesus besprachen und Sie im Glauben Ihr Schuldpaket bei ihm abgaben. Jünger Jesu schlüpfen nicht etwa billig durch die Maschen der Gerechtigkeit. Sie gehen freiwillig vor Gericht, lange bevor der finstere Ankläger sie vor die Schranken zerrt.

Welch ein Sieg! Der Ankläger ist aus dem Himmel vertrieben. Manche Ausleger verstehen den Bibeltext so, daß der Ankläger heute noch Zutritt habe und Tag und Nacht seine Anklagen gegen die Christen vorbringe. Erst nach dem letzten Kampf, wenn Gott zum Weltgericht kommt, werde der Teufel hinausgeworfen. Ich persönlich bin der Ansicht, daß der Teufel damals hinausgeworfen wurde, als Jesus auf Golgatha den Sieg erkämpfte.

Auf Erden mag der Teufel noch ein Weilchen wüten. Im Himmel hat er nun nichts mehr zu suchen. Gott hat das letzte Wort: „Wer an den Sohn Gottes glaubt, kommt nicht ins Gericht. Er ist vom Tod zum Leben hindurchgedrungen" (Joh. 5,24).

Kapitel 10

Satans Helfershelfer: die Dämonen

Ein Freund von mir arbeitete viele Jahre als Missionar in Afrika. Einmal war er dort als Redner zu einer Konferenz für Prediger und Evangelisten eingeladen. Während mehrerer Tage hielt er Vorträge über verschiedene Themen. Am letzten Tag, kurz vor Schluß der Konferenz, sagte er: „Und nun möchte ich noch ein paar Worte sagen über die Dämonen." Diese Ankündigung wurde mit lauten Zwischenrufen beantwortet: „Bitte, nicht nur wenige Sätze! Erkläre uns ausführlich, was es mit den Dämonen auf sich hat! Wir müssen das wissen. Wir haben in unseren Gemeinden beinahe täglich mit ihnen zu tun." – Die Konferenz mußte verlängert werden, weil das Thema für jene Prediger so wichtig war.

Auch wir wollen nun wenigstens einige Seiten für dieses Thema verwenden. In der Bibelübersetzung von Martin Luther wird oft von Teufeln in der Mehrzahl gesprochen, zum Beispiel hätte Jesus gesagt: „Treibt die Teufel aus!" Genaue Übersetzungen sprechen hier von Dämonen. Dämonen sind böse Geister, die im Dienste des Teufels stehen. Einige Prediger machen einen Unterschied zwischen Dämonen und unsauberen Geistern. Dämonen sind nach ihrer Meinung Unterteufel, also gefallene Engel wie ihr Oberherr, der Satan. Unsaubere Geister wären dann die ruhelosen Seelen gottlos verstorbener Menschen.

Diese Meinung kann ich nicht teilen. Noch weniger stimme ich mit den Spiritisten überein, die sagen: „Es gibt weder Teufel noch Dämonen, aber es gibt wandernde Geister der Verstorbenen, und zwar sowohl gute wie böse." Der Spiritist versucht ja, diese Geister aus dem Totenreich heraufzuholen und mit ihnen zu sprechen. Ob gottlos verstorbene Seelen noch eine Weile umherirren, weiß ich nicht, will auch nichts damit zu tun haben.

Aber wenn die Spiritisten meinen, sie hätten mit Verstorbenen gesprochen, dann sind sie entweder von ihrer eigenen Phantasie oder aber von Dämonen betrogen worden.

Mit Spiritismus sollen Jünger Jesu sich niemals abgeben. Gott hat seinem Volk ausdrücklich verboten, die Toten zu befragen (5. Mose 18,11). Der Spiritismus ist durchtränkt mit gottlosem, lügnerischem Wesen. Es ist erschreckend, daß so viele Leute, die sich für modern und klug halten, sich in solch finstere Machenschaften verstricken.

Im Neuen Testament ist im ganzen 80 mal von Dämonen die Rede. Elfmal lesen wir von dämonischer Besessenheit. Aus den Aussagen der Schrift können wir schließen, daß Dämonen unsichtbare Geister sind, ohne materiellen Leib, aber dennoch mit Persönlichkeit: Sie können denken, sprechen, fühlen, auch Entscheidungen treffen. Als Geister sind sie nicht an die Gesetze der Materie gebunden. Sie können zudem übermenschlich stark sein (Mark. 5,3.4).

Die Dämonen sind einseitig intelligent. Sie kennen etwa Paulus und Jesus und wissen manches über das Evangelium, aber gleichzeitig sind sie schrecklich dumm, denn sie merken nicht, daß sie an ihrem eigenen Untergang arbeiten (1. Kor. 2,8).

Sie sind auch außerordentlich zahlreich, so daß sie in Legionen auftreten können (Luk. 8,30). Sie wissen, daß ein lebendiger Gott ist, und sie zittern vor ihm (Jak. 2,19). Ihre Gotteserkenntnis hilft ihnen jedoch nichts, denn sie hassen den heiligen, liebenden Gott mit ihrem ganzen Wesen.

Sie scheinen unruhig umherzuirren, wenn sie nicht in einem lebendigen Geschöpf wohnen können. So suchen sie sich vor allem Menschen als Opfer aus, um in ihrem Körper Einlaß zu finden.

Die Dämonen können Menschen beunruhigen, verführen, können ihn krank und invalid machen. Manchmal gelingt es ihnen sogar, einen Menschen regelrecht zu fesseln und zu beherrschen.

Der Teufel und seine bösen Geister wissen, daß ihr Untergang unweigerlich kommen wird. Sie hassen Jesus, und zugleich fürchten sie sich vor ihm. Weil sie wissen, daß ihnen nur wenig Zeit bleibt, sind sie voller Wut. Gott läßt es zu, daß sie einige Zeit einen gewissen Spielraum haben, aber eines Tages gebietet Gott allem dämonischen Unwesen Halt, und dann wandert der Teufel mit seinen Helfershelfern ins ewige Feuer.

Wie wirken die Dämonen heute?

Heute hört man oft die Ansicht, jene Fälle, die in der Bibel als dämonische Besessenheit bezeichnet werden, würden wir heute Geisteskrankheit oder Epilepsie nennen. Doch wer die Bibel genau liest, stellt fest, daß sie einen deutlichen Unterschied macht zwischen Krankheit und Besessenheit. Es mag sein, daß man zur Zeit Jesu allzu schnell bereit war, Menschen mit auffälliger, anstößiger Lebensweise als besessen zu bezeichnen. Sowohl Johannes der Täufer als auch Jesus wurden von den Juden als vom Teufel besessen angesehen.

Wahrscheinlich müssen wir auch annehmen, daß das Auftreten Jesu im Reich der Dämonen große Aufregung auslöste. Als Jesus auf die Erde kam, da schlug der Teufel Großalarm. Er wollte das Erlösungswerk verhindern und möglichst viele Menschen an sich binden. So könnte es sein, daß zur Zeit Jesu die dämonische Besessenheit häufiger auftrat als in irgendeinem anderen Jahrhundert.

Die Bibel spricht andererseits davon, daß auch in der Endzeit, die zweifellos bereits begonnen hat, die dämonischen Aktivitäten noch einmal einen Höhepunkt erreichen werden. Auch heute gibt es unzählige Menschen (wahrscheinlich mehr als wir ahnen), die durch Dämonen belästigt, beeinflußt, ja sogar in allem, was sie sagen und tun, gesteuert werden. Dämonen können einen Menschen bearbeiten, können ihn in seinem Charakter stören; in extremen Fällen besetzen sie die Persönlichkeit mit teuflischer Gewalt. Manche Menschen wissen, daß sie unter solch einer Macht stehen, doch häufiger ist ihnen die tragische Lage nicht bewußt.

Andere wiederum meinen gar zu schnell, sie hätten es mit dämonischen Einflüssen zu tun, wo vielleicht lediglich die Erkrankung eines Organs oder eine psychische Störung vorliegt. Wir können nicht alles und jedes auf den Teufel abschieben. Nicht an allem ist er direkt schuld.

Eines aber ist auf jeden Fall sicher: Jesus hat die Macht, von dämonischen Gebundenheiten zu befreien. „Satan flieht, wenn er mich beim Kreuze sieht", singen wir in einem schönen Lied. Die Erfahrung zeigt indessen, daß man auf diesem Gebiet nicht zum Sieg kommt ohne geistliche Hilfe von Brüdern und Schwestern. Wir brauchen vollmächtige Seelsorger, die uns helfen, die

Verstrickungen mit den Mächten der Finsternis zu erkennen und den Kampf um die völlige Lösung von dämonischen Gebundenheiten bis zum völligen Sieg zu führen. Warnen möchte ich jedoch vor „Teufelaustreibern", die vorgeben, auf diesem Gebiet besonders befähigt zu sein. Mit ein paar Tricks und großen Sprüchen läßt der Teufel sich nicht verjagen. Die nüchterne, ständige Bruderhilfe in einer gesunden Gemeinde ist wirksamer und bewahrt vor Verirrung in sensationellen Geisterglauben.

Es gibt aber nicht nur dämonisierte Einzelpersonen, sondern auch ganze Gruppen, ja sogar Gegenden, die von Dämonen beherrscht werden. Auch Wirtschaftssysteme und Gesellschaftsstrukturen, die die Menschen versklaven und zerstören, können dazugerechnet werden. Ferner gibt es politische Systeme, die ganz offensichtlich die Handschrift des Teufels tragen. Es gibt Gesellschaften und Schulen, die unter dem Zwang böser Geister stehen.

Manchmal habe ich den Eindruck, es gebe heute auch eine dämonische Kunst. Es ist, als ob hochbegabte Menschen ihre Kunst dafür einsetzten, alles, was edel, schön und gut ist, lächerlich zu machen, alle Werte ins Gegenteil zu verkehren. Bei ihnen wird aus Schwarz Weiß und umgekehrt. Mir macht auch einiges Sorgen, was sich heute unter dem Namen Psychoanalyse und Vorbeugung gegen seelische Störungen ausbreitet. Manche kuriosen Berater arbeiten da mit Methoden, die wenig mit Medizin, aber viel mit dämonischer Bearbeitung der Persönlichkeit zu tun haben.

Kapitel 11

Treibt die Dämonen aus!

Als Jesus die zwölf Jünger auf die erste Missionsreise schickte, da gab er ihnen folgende Weisungen: „Geht hin und predigt: Das Himmelreich ist nahe herbeigekommen. Heilt Kranke, erweckt Tote, macht Aussätzige rein, treibt Dämonen aus!" (Matth. 10,7.8a)

Wir wissen nicht genau, wie gründlich die Jünger diesen Befehl ihres Meisters ausgeführt haben. Von Totenauferweckungen durch die Jünger ist mir nichts bekannt. Einmal wird berichtet, sie seien begeistert gewesen, weil ihnen auch die Dämonen gehorchten. Nach seiner Auferstehung erteilte Jesus den Seinen nochmals einen klaren Missionsbefehl, und dabei erwähnte er als mitfolgendes Zeichen ausdrücklich, sie würden in seinem Namen Dämonen austreiben (Mark. 16,17).

Jesus ist Sieger! Das muß der Welt mitgeteilt werden. Jesus ist Herr. Ihm ist alle Gewalt übertragen, im Himmel und auf Erden! Das sollen die Christen jubelnd proklamieren. Die Dämonen wissen um den Sieg Jesu; leider wissen sie's oft besser als die Christen. Jesus hat des Teufels Macht gebrochen.

In früheren Zeiten veranstalteten siegreiche Feldherren nach der Heimkehr aus der Schlacht große Triumphzüge. Die besiegten Gegner wurden gefesselt durch die Straßen der Hauptstadt geführt, um dem Volk die eigene Überlegenheit zu beweisen. Gleichermaßen hat auch Jesus das Heer des Teufels geschlagen: Er hat an den Mächten der Finsternis seine Übermacht gezeigt und hat sie öffentlich als Besiegte zur Schau gestellt, wie es in Kol. 2,15 heißt.

Die Schlacht ist geschlagen, der Krieg ist gewonnen! Wir müssen es den Menschen nur sagen, daß Jesus gesiegt hat! Vor allem die Gebundenen, die der Feind nicht freigeben will, sie müssen es hören: Ihr seid frei. Die Dämonen haben kein Recht mehr, euch in Fesseln zu halten.

Es gehört zum großen Missionsauftrag, daß wir den Dämonen die Herrschaft streitig machen und ihnen die Beute entreißen. Leider sind die meisten christlichen Arbeiter auf diesem Gebiet aber nicht sehr erfolgreich. Die einen können nicht helfen, weil sie denken, Teufel und Dämonen, das seien Begriffe aus dem Mittelalter, hinter denen keine Wirklichkeit stehe. Andere vertreten die Meinung, seit der Auferstehung Jesu hätten wir gar nicht mehr mit der Macht Satans zu rechnen, denn diese sei bereits ausgeschaltet. Und viele sind ganz einfach untüchtig zu diesem Kampf, weil sie zu unwissend sind. Wer aber den Gegner nicht kennt, kann ihn auch nicht mit geeigneten Mitteln angreifen.

Leider muß man häufig feststellen, daß Prediger und Seelsorger sich fachlich nicht ernsthaft vorbereitet haben, um den Dämonen siegreich zu begegnen. Sie haben weder die Bibel noch auf diesem Gebiet wegweisende Bücher ernsthaft durchgearbeitet. Sie haben, wenn es gut geht, vielleicht ein paar Vorträge gehört und ein paar Tricks gelernt. Sie spüren, wie ungenügend sie gerüstet sind, und haben Angst vor dem Zusammenstoß mit dämonischen Mächten.

Noch schlimmer als die Unwissenheit ist die Vollmachtslosigkeit. In Ephesus versuchten sieben junge Männer, Söhne des Priesters Skevas, im Namen des Jesus, von dem Paulus predigte, Dämonen auszutreiben. Doch der böse Geist gehorchte nicht. Er sprach: „Jesus und Paulus kenne ich wohl, doch wer seid ihr?" Und der Besessene prügelte die anmaßenden Männer ganz tüchtig durch (Apg. 19,14–17). Wer so unvorsichtig und ungeschützt versucht, Dämonen auszutreiben, der kann bösen Schaden nehmen, ja er kann selbst unter die Macht der Dämonen geraten.

Auf den Missionsfeldern in Asien, Afrika und Lateinamerika bestehen ungeheure Bedürfnisse. Neben der frohen Botschaft von der Liebe Gottes brauchen die Menschen praktische Hilfe. Sie sind krank, hungrig, unwissend. Die Missionare verteilen Brot. Sie bauen Krankenhäuser und Schulen. Sie zeigen den Armen, wie sie besser wohnen und nutzbringender arbeiten können.

Aber gegenüber der ungeheuren Not dämonischer Gebundenheiten sind viele Missionare total hilflos. Dabei begegnen sie den Mächten der Finsternis auf Schritt und Tritt. Doch wie man Dämonen austreibt und Gläubige vor Angriffen böser Mächte schützt, das hat man weder in der Heimatgemeinde noch im Predigerseminar gelernt. Der Missionar muß dann manchmal hilflos zusehen, wie sogar Christen plötzlich wieder zum Dorfzauberer laufen. Oft sind trotz Bekehrung und Taufe noch dämonische Fesseln da, die bewußt oder unbewußt versteckt blieben.

Gerade wenn Missionare in Neuland vorstoßen, ist es für sie äußerst wichtig zu wissen, wie sie für sich selbst und für andere Schutz finden vor bösen Geistern, mit denen sie sehr wahrscheinlich täglich zu tun haben werden. Leider sind die meisten auf diesen Kampf unzureichend vorbereitet. Deshalb fehlt es ihnen an Kraft und Vollmacht, um den Dämonen furchtlos Einhalt zu gebieten.

Es gibt Missionsleiter, die zur Einsicht gekommen sind, daß man hier Abhilfe schaffen müsse. Die Missionare sollten unbedingt besser ausgerüstet sein mit klarem Auftrag und mit Vollmacht, um den bösen Mächten im Namen Jesu siegreich zu begegnen.

Doch was schauen wir nach anderen Kontinenten! Wie sieht es denn bei uns aus? Haben sich nicht auch in unseren Ländern mit zunehmendem Neuheidentum Okkultismus und dämonische Besessenheit neu breitgemacht? Laufen nicht in unserer Nachbarschaft ganze Scharen zu den Zauberern und verkaufen dort ihre Seelen an die Dämonen?

Wo sind die lebendigen, geistlich gesunden Gemeinden, die den Kampf mit den Mächten der Finsternis mutig und nüchtern aufnehmen? Wo sind die Bibelschulen und Predigerseminare, die ihren Schülern geöffnete Augen, biblisches Urteilsvermögen und Übung im Gebetskampf mitgeben, um den Angriffen Satans ohne Furcht zu begegnen und wirkliche Siege über die Dämonen zu erringen? Neigen wir nicht alle dazu, geistliche Vollmacht zur Austreibung der Dämonen durch psychologische Kenntnisse zu ersetzen?

Jesus ist Sieger. Seine Leute dürfen seine befreiende Siegesmacht zu denen tragen, die der Teufel noch gebunden hält. Wir sollten uns nicht dadurch blockieren lassen, daß auf dem Gebiet des Dienstes an dämonisch Belasteten soviel Unvernünftiges gesagt und sicher auch manch Krummes getan wird.

Es ist ungesund, wenn nur hie und da ein Einzelgänger auftritt, der die besondere Gabe hat, Dämonen auszutreiben und okkulte

Bindungen zu lösen. Diese einsamen Kämpfer sind sehr gefährdet, und ihrem Dienst fehlt oft die so nötige Bindung an die Gemeinde. Recht häufig entwickelt sich bei ihnen eine gewisse Einseitigkeit. Dies könnte vermieden werden durch gegenseitige Korrektur und Ergänzung in der Gemeinde.

Unsere Gemeinden müssen heilende, befreiende Kampftruppen werden, wo man echte Bruderschaft übt. Wenn wir dann in unseren Einsätzen an vorderster Front den Heerspitzen des Feindes begegnen, dann rücken wir in geschlossener Reihe vor, nicht einer allein. Und wir verlassen uns nicht auf die eigene fleischliche Schlagkraft. Wir besiegen Geistermächte mit geistlichen Waffen, mit Glauben, Geduld und starker Retterliebe. Wir dürfen einander immer wieder Mut machen: Jesus ist Sieger!

Kapitel 12

Hauptangriffsziel: die Gemeinde Jesu!

In dem berühmten Schauspiel „Wilhelm Tell" von Friedrich Schiller kommt ein erschütterndes Bild vor. Der junge Bauer Arnold von Melchtal hat einen Knecht des Landvogts geschlagen. Der Landvogt ist erbost und schickt seine Soldaten, um Arnold zu verhaften. Der aber ist verschwunden. Nur der alte Vater ist auf dem Bauernhof zurückgeblieben. Der Landvogt in seiner Wut brüllt: „Ist mir der Junge entgangen, so nehme ich den Alten." Die Rache ist grausam: Dem unschuldigen Alten werden kurzerhand die Augen ausgestochen!

Berichte über ähnliche Vorkommnisse hört man hie und da aus Ländern, wo Gewalt und Verfolgung herrschen. Wenn einem Verfolgten die Flucht gelingt, muß sehr oft seine Familie für ihn büßen. Manch einer wagt nur deswegen nicht zu fliehen, weil er fürchtet, man werde sich an seiner Frau und seinen Kindern rächen.

Der Teufel, der Widersacher Gottes, hat einen großen Haß auf Gott und vor allem auf Jesus Christus, den Gesalbten Gottes. Der Teufel hat alles eingesetzt, um Gottes Erlösungsplan zu durchkreuzen: Als Jesus auf Erden weilte, hat ihn der Satan auf jede nur mögliche Art bedrängt und ihn zu verführen oder umzubringen versucht. Doch Jesus war stärker, und seit Ostern ist er außer Gefahr. An Jesus kommt der Teufel nun nicht mehr heran. Aber die Gemeinde, der Leib Jesu Christi, sie lebt noch auf dieser Erde. Sie ist noch in der Reichweite Satans, und für ihn heißt es nun: „Ist mir das Haupt entronnen, dann räche ich mich am Leib!"

Die Gemeinde Jesu ist in dieser Weltzeit das Hauptziel der Angriffe Satans. Der teuflische Haß gegen Jesus trifft nun die

Gemeinde. Der Teufel haßt die Christen, weil sie sich von ihm losgesagt haben. Einmal waren sie ganz an die Sünde verkauft. Sie lebten nach den Weisungen Satans. Nun aber sind sie durch Jesus befreit. Freudig ergriffen sie die neue Lebensmöglichkeit, sagten ja zu Jesus und ein endgültiges Nein zu Satan. Dies alles macht den Teufel wütend, und da die Gemeinde noch in seinem Herrschaftsgebiet lebt, setzt er alles daran, um sie zu vernichten.

Das Ziel des Feindes ist klar: Zerstörung, Ausrottung der Gemeinde! Nur nicht zulassen, daß die Gläubigen ihr himmlisches Ziel erreichen! Vielleicht kennen Sie jenes Buch von C.S. Lewis, das einen erfundenen Briefwechsel zwischen einem Oberteufel und einem Unterteufel enthält. Der Oberteufel gibt seinem Untergebenen Anweisungen, wie er einen neubekehrten Christen bearbeiten soll, damit er wieder abfällt. Alle teuflische Klugheit wird eingesetzt, um den Christen zu verführen, zu verwirren, einzuschüchtern und zu quälen. Er soll geplagt und behindert werden, doch er soll nicht sterben, solange er noch gläubig ist, denn dann würde er ja selig.

Als die Vernichtung des Gläubigen nicht gelingt, bekommt der Unterteufel neue Anweisungen: Er soll wenigstens verhindern, daß das Christentum noch weiter ausgebreitet wird. Er hat alles daranzusetzen, um den Gläubigen zu blockieren, zum Verstummen zu bringen, unschädlich zu machen.

So setzt es sich der Teufel bis heute zum Ziel, die Gemeinde Jesu wo immer möglich auszurotten oder doch wenigstens ihr missionarisches Zeugnis zu ersticken. Die Gemeinde soll harmlos, friedlich, gemütlich, anpassungsbereit werden, so daß sie in der Welt nicht mehr aneckt und dem Teufel nicht noch weitere Seelen abspenstig macht. Oft hat er umsonst versucht, die Gemeinde durch blutige Verfolgung auszurotten. Deshalb hat er immer wieder probiert, die Gläubigen in moralische Fehltritte zu verwickeln. Und wenn ihm dies mißlang, dann hat er ihnen ein bequemes Ruhekissen angeboten oder hat sie in innere Streitereien verwickelt, damit sie den Missionsbefehl ihres Meisters vergaßen.

Manchmal gelingt es dem Teufel auch, die Heuchelei, den gegenseitigen Betrug in die Reihen der Gemeinde einzuschleusen. Die erste Gemeinde in Jerusalem erlebte das mit Ananias und Saphira (Apg. 5,1–11). Petrus erkannte sofort, daß hier der Satan erfolgreich gearbeitet hatte.

Aber damit ist das Repertoire des Teufels noch lange nicht erschöpft!

Der Gemeinde in Ephesus schadete er zum Beispiel durch Irrlehrer, durch greuliche Wölfe, die die Herde zerstreuten.

In den Gemeinden von Galatien hatte er durch Gesetzesfanatiker den schönen Anfang vernichtet und der Gemeinde Christus geraubt.

In der Gemeinde von Korinth gelang es dem Feind, durch Spaltungen und durch Aufgeblasenheit fast unheilbaren Schaden zu stiften.

In Thessalonich verleitete er die feurigen Jünger Jesu zu schwärmerischem Warten auf die Wiederkunft Christi, und die Hebräerchristen versuchte er durch schwere Trübsal zu entmutigen.

Kaum hat der Heilige Geist irgendwo eine Gemeinde ins Leben gerufen, da stellt sich auch schon der Widersacher ein, um Unkraut in den Acker zu säen. Listig umschleicht die alte Schlange die Gemeinde und läßt nichts unversucht, um zu vergiften und zu töten. Wird sie wohl standhalten, wird sie durchkommen?

Ja, Gott sei Dank, die Gemeinde wird dem Feind nicht zum Opfer fallen. Jesus hat sich für sie verbürgt: „Die Pforten der Hölle sollen sie nicht überwältigen" (Matth. 16,18). „Niemand wird mir meine Schafe aus meiner Hand reißen" (Joh. 10,28b). Schon jetzt ist ein großer Teil der Gemeinde droben bei ihrem Herrn. Eine große Schar hat den Feind schon „überwunden durch des Lammes Blut und durch das Wort ihres Zeugnisses" (Offb. 12,11).

Der Sieg fällt der Gemeinde aber nicht von selbst in den Schoß. Sie muß eine geisterfüllte Schar sein, die nicht zu fleischlichen Waffen greift. Sie muß die Befehle ihres Hauptes unbedingt ausführen, sonst kann Jesus ihren Einsatz nicht bestätigen. Sie muß in den eigenen Reihen volle Einheit bewahren, sonst wird sie kraftlos. Sie muß nüchtern bleiben, sonst kann sie die Wirklichkeit nicht mehr richtig beurteilen. Sie muß bereit sein, um Jesu willen zu leiden. Sie darf sich nicht mit der christuslosen Welt und ihrer Lebensweise vermischen.

All diese Forderungen wird die Gemeinde aber nur erfüllen, wenn sie eine starke Führerschaft und echte Gemeinschaft, gründliche Lehre und umfassende biblische Gemeindezucht übt und nie erlahmt im Warten auf ihren Herrn.

In seinen Anläufen gegen die Gemeinde zielt der Feind mit besonderem Haß auf die Evangelisten, Hirten und Lehrer. Wenn er einen von ihnen zu Fall bringen kann, dann hat er die Gemeinde arg getroffen. Er will die Diener, die in vorderster Reihe kämpfen, ausschalten, lähmen. Er versucht ihre schwachen Stellen zu treffen, zum Beispiel ihre Familie, ihre stille Zeit. Oder er läßt sie stolpern über schädliches Menschenlob und vernichtende Kritik. Er überfällt sie eines Tages mit einer dunklen Stunde völliger Verzagtheit und bewegt sie zur Fahnenflucht. Die Gemeinde sollte viel treuer im Gebet an ihre leitenden Brüder denken, daß doch keiner den Angriffen Satans zum Opfer falle.

Der Teufel greift aber nicht nur die Starken an, die ihm durch ihren Einsatz besonders schädlich sind. Wenn die Löwen in Afrika unter den Antilopenherden ein Opfer suchen, dann lauern sie auf die schwachen, nachhinkenden Tiere. Genauso macht es der Teufel mit der Herde Christi. Er kennt kein Erbarmen mit den Schwachen. Er sprengt sie von den andern weg, um leichteres Spiel zu haben. Jede Gemeinde hat schwache, besonders gefährdete Glieder. Sie hat junge Gläubige, die noch wenig geübt sind, den Feind rechtzeitig zu erkennen. Sie hat Glieder, die immer wieder in die Fallen des Feindes tappen. Sie hat Kranke und Schläfrige und solche, die sich allzu leicht von der Lust der Welt locken lassen.

Leider aber ist manche Gemeinde so betriebsam, so vielseitig verpflichtet, daß sie keine Zeit mehr findet, auf die Schwachen zu achten. Wenn die Gemeinde eine gewisse Größe erreicht hat und unübersichtlich geworden ist, dann kann ein Glied leicht ins Wanken geraten oder gar umfallen, und man merkt es erst, wenn's zu spät ist.

Jesus lobt jene Gemeinde, die ihre Schwachen trägt und geduldig auf sie wartet. Jesus hat eine besondere Liebe zu den Schwachen. Er will nicht, daß sie dem Feind zum Opfer fallen.

Kapitel 13

Der scheinbare Triumph des Bösen

„Es wird alle Tage besser. Die Welt wird schöner, die Menschen werden klüger. Es geht aufwärts. Nur Geduld, am Ende wird es uns doch noch gelingen, aus dieser Erde ein friedliches, menschliches Paradies zu machen!"

Viele kluge Menschen denken so. Sie nehmen an, das Leben habe mit einer Urzelle angefangen und sich dann durch Jahrmillionen immer höher entwickelt. Irgendeinmal sci aus der Tierwelt der Mensch hervorgegangen, der sich nun ebenfalls weiterentwickle. Der heutige Mensch sei eigentlich noch ein Raubtier, das seine Artgenossen umbringe, doch es bestehe Hoffnung, daß aus diesem Raubtier eines Tages doch noch ein friedlicher Mensch werde.

Die einen meinen, diese lange Entwicklung sei allein durch Zufall zustande gekommen, denn es gebe keinen Gott. Andere nehmen an, die Wunderwerke der Natur seien zwar durch Evolution entstanden, doch habe ein wunderbarer Gott die ganze Veränderung irgendwie gesteuert.

Recht viele Leute erkennen aber auch, daß unsere Welt sich nicht aufwärts, sondern abwärts entwickelt, und sie schreiben die Schuld ganz dem Menschen zu. Sie sagen, die Erde sei ein glücklicher, blühender Garten gewesen, als es noch keine Menschen gab. Mit dem Auftauchen der Menschen sei das Unglück über die Welt gekommen. Man könne deshalb nur hoffen, daß die menschliche Rasse sich selbst auslösche, bevor sie die ganze herrliche Natur vernichtet habe. Wenn man den Schaden betrachtet, den wir Menschen auf der Erde angerichtet haben, dann möchte man beinahe diesen Menschenhassern zustimmen.

Auch unter denen, die sich Christen nennen, findet man recht unterschiedliche Meinungen über den Verlauf der Menschheitsgeschichte. Es kommt sehr darauf an, wie man die Bibel deutet, welche Texte man als wichtig ansieht und welche man wegläßt.

Da findet man zum Beispiel die Ansicht, die Welt habe sich seit dem Sündenfall ständig verschlimmert, und sie hätte unweigerlich in einer Katastrophe geendet, wenn Jesus nicht gekommen wäre. Mit Jesus sei die totale Wende von der Abwärts- zur Aufwärtsentwicklung eingetreten. Seit Pfingsten sei ein neuer Geist, der Heilige Geist, in dieser Welt am Werk, und nun gehe es zwar langsam aber stetig aufwärts. In einer schönen Kirche in den Schweizer Bergen habe ich einmal eine solche Predigt gehört. Seitdem Jesus auf dieser Erde gewesen sei, gehe es mit unserer Welt wieder aufwärts. Die Menschen würden besser. Jesus habe uns wahre Menschlichkeit und Gerechtgkeit gelehrt, und eines Tages würden wir eine geheilte, saubere Welt schaffen. „Halleluja, es wird alle Tage besser!" Können wir heute wirklich noch in dieses Halleluja einstimmen?

Vielleicht neigen einige von uns mehr der Auffassung zu, diese alte Welt sei hoffnungslos verdorben, dem Untergang geweiht. Es werde bald einmal einen großen Knall geben, und nach dem Weltuntergang würden ein neuer Himmel und eine neue Erde erstehen. Wenn man die Bibel berücksichtigt, wird man diesen Weltuntergang wahrscheinlich mit einem Zorngericht Gottes und mit der Wiederkunft Jesu Christi verbinden. Er muß ja kommen, so denkt man, und muß alles neu schaffen.

Nachdem wir uns nun die verschiedensten Meinungen angesehen haben, will ich versuchen, in einfachen Worten auch meine Ansicht, die ich durch langjähriges, fleißiges Bibelstudium gewonnen habe, darzulegen. Es handelt sich dabei nicht um irgendwelche Sonderideen von mir, denn ich stimme hierin mit einer großen Schar von Auslegern der Heiligen Schrift überein. Ich gebe auch offen zu, daß mir manche Bibelstellen bis heute nicht klar geworden sind. Oft weiß ich nicht, wie ich diese oder jene Rätsel der Weltgeschichte in Gottes Plan einordnen soll. In einigen Punkten jedoch bin ich fest überzeugt, weil die Aussagen der Bibel nur eine Deutung zulassen. In andern Fällen bin ich lieber vorsichtig und sage: So sehe ich es heute; es könnte auch anders sein.

Die Bibel weist deutlich darauf hin, daß diese alte Welt vergehen muß. Gott liebt diese Welt jedoch und will sie retten.

Er will sie aber nicht durch einen gewaltigen Handstreich umkrempeln, weil er dadurch die Entscheidungsfreiheit des Menschen verletzen und die Grundprobleme doch nicht lösen würde. Gott sandte deshalb seinen Sohn als Retter in die Welt. Die Rettung wurde möglich durch die ungeheuer kostspielige Bereinigung aller Schuld am Kreuz. Dort wurde der Grundstein jener neuen Welt gelegt, nach der sich alle Kreatur sehnt.

Eine neue Welt aber ist nur möglich mit einer neuen Menschenrasse. Der neue Mensch ist ein Gottesmensch, der mit dem alten, gottfeindlichen Wesen bewußt Schluß gemacht hat und sich in freier Entscheidung unter die totale Herrschaft Gottes stellt. Jesus hat mit seinem Sieg auf Golgatha diesen neuen Menschen möglich gemacht. Er selbst ist der Erstling dieser neuen Welt. Wir übertreiben nicht, wenn wir sagen: Die neue Welt begann, als Jesus seinen Fuß auf die Erde setzte. Jeder Mensch, der sich jetzt ganz Jesus zuwendet, wird von ihm durch den Heiligen Geist zu einem neuen Menschen gemacht. Echte Jesus-Menschen sind gewissermaßen erste „Exemplare" der neuen Welt!

Die alte Welt besteht aber immer noch, ja Elend und Bosheit nehmen sogar zu. Viele Menschen, die von Jesus und seiner neuen Welt hören, haben diese Nachricht wütend oder aber verächtlich abgelehnt. Sie beharren in der Feindschaft gegen Gott und bleiben damit Gesinnungsgenossen des Teufels, Bürger einer alten, dem Untergang geweihten Welt.

Bald jedoch wird Jesus zum zweitenmal auf die Erde kommen. Und dann wird alle Empörung gegen Gott mit einem Mal verstummen. Der alte Himmel und die alte Erde werden wie ausrangierte, überholte Landkarten zusammengerollt werden und an deren Stelle eine völlig neue Schöpfung treten (Offb. 6,14; 21,1).

Jetzt leben wir noch in der Zeit zwischen dem ersten und dem zweiten Kommen Jesu. Die neue Welt hat zwar schon begonnen, aber die alte Welt besteht noch. Jetzt läßt Jesus allen Völkern die Botschaft von der Liebe Gottes, von der Befreiung aus dem Sklavendienst des Teufels und von der kommenden neuen Welt ausrichten. Jetzt sammelt Jesus sich aus allen Völkern eine Schar von Leuten, die er zu wirklich neuen Geschöpfen machen konnte. Diese neuen Menschen bilden zusammen ein neues Gottesvolk, die Gemeinde, und diese fängt hier schon an, inmitten einer verkehrten Welt, nach den Gottesordnungen zu leben, die ihr Herr ihr gegeben hat. Das hat ganz neue Strukturen für das Zusammenleben und für die Lösung von Problemen zur Folge.

Daß es da zu Auseinandersetzungen kommt, daß die Welt sich dies nicht so ohne weiteres gefallen läßt, ist klar. Die Gemeinde ist und bleibt in dieser alten Welt ein Fremdkörper. Eine Welt, die Gott nicht kennt oder ihn haßt, wird die Gottesmenschen niemals ertragen.

Andererseits ist es begreiflich, daß es nicht das Ziel der Gemeinde sein kann, die verkehrten Grundordnungen dieser Welt ein bißchen zu flicken, zu erhalten oder umzukrempeln. Die Gemeinde muß die Botschaft von der Königsherrschaft Jesu verkündigen und die Menschen zur Umkehr rufen. Sie wird mithelfen, diese kranke Welt wenigstens so weit funktionstüchig zu halten, daß das Böse nicht jede Lebensmöglichkeit abwürgen kann.

Die Gemeinde trägt auch mit an den Leiden dieser Welt und sucht die Wunden zu verbinden, die sich eine gottentfremdete Menschheit selbst zufügt.

Doch das kleine Stück der neuen Welt, das wir Gemeinde nennen, ist manchmal kaum zu erkennen. Manchmal scheint es, als sei die Sache Jesu eher eine sterbende Utopie als ein Neuansatz für die Zukunft. Leid und Unrecht wachsen auf unserer Welt ins Unermeßliche. Die Luft ist zum Ersticken verpestet. Sind nicht die Christen, die seltsamen Bürger einer neuen Welt, völlig bedeutungslos für den Gang von Wirtschaft, Politik und Kultur? Dreht sich auf unserer Erde nicht immer deutlicher alles nach den schrecklichen Gesetzen des Egoismus, der Macht und der Auflösung? Triumphiert denn nicht der Teufel?

Die Bibel malt uns kein rosiges Bild vom letzten Kapitel der Menschheitsgeschichte. Das Böse feiert ungeheure Triumphe, und wir sehen in unseren Tagen immer deutlicher, wie sich nach und nach all die Anzeichen einzustellen beginnen, die die Schrift für die Endzeit vorausgesagt hat:

1. Kriege wie nie zuvor (Matth. 24,6)

Das gegenwärtige Morden unter den Menschen nimmt zu. Kriegslärm und Kriegsnachrichten übertönen alles andere. Millionen werden sinnlos umgebracht durch Haß und Gewalt.

2. Ausrottung der Gemeinde (Offb. 13,7)

Die Gemeinde Jesu wird immer mehr gehaßt und verfolgt. Man plant ihre totale Ausrottung, und in den Tagen des Antichristen wird es vielleicht in den Weltnachrichten einmal heißen: „Das Christentum existiert nicht mehr!"

3. Krasse Verführung, Irrlehren (Matth. 24,4.5; 2. Thess. 2,11)

Die Wahrheit wird verfälscht. Christen und Ungläubige verfallen dem Irrtum, ohne es zu merken. Es zeigt sich, daß viele leicht zu verführen sind, weil sie die Wahrheit nicht lieben oder nie ganze Sache mit Jesus gemacht haben.

4. Entkirchlichung, Abfall (Matth. 24,12b)

Leute, die einmal zur christlichen Gemeinde gehörten, wenden sich ab. Menschen, die Jesus und seine Brüder liebten, werden kalt und abweisend. Der Gottesdienstbesuch nimmt ab. Kirchen und Missionsstationen werden geschlossen.

5. Ausbreitung dämonischer Lehren (1. Tim. 4,1)

Okkultismus in allen möglichen Formen wie zum Beispiel Spiritismus und Wahrsagerei durchdringt sämtliche Volksschichten. Es entstehen Satanskirchen. Man feiert schwarze Messen. Heidnische Dämonenfeste werden wieder modern.

6. Allgemeine Gesetzlosigkeit (2. Tim. 3,2–4)

Es kommt zu einem Zerfall jeglicher Autorität: Eltern, Lehrer, Vorgesetzte, Behörden werden beschimpft und verachtet. Der Rechtsstaat wird zerstört. Man duldet keine Beschränkung eigener Wünsche, selbst wenn sich diese für das Allgemeinwohl verheerend auswirken.

7. Bruderhaß (Matth. 24,10–12)

Sogar unter Brüdern kann man sich nicht mehr verständigen und liebhaben. Man bekämpft sich offen und geheim. Es entstehen unüberbrückbare Klüfte: Sogar einander nahestehende Menschen finden sich nicht mehr!

8. Mißachtung natürlicher Ordnungen (Röm. 1,26.27)

Man billigt und verherrlicht die Homosexualität. Man zerstört den Ackerboden, das Wasser und die Luft. Man erlaubt sich frevelhaften Luxus auf Kosten der Armen und Unterdrückten.

9. Problemlösung durch autonomen Menschengeist (Psalm 2,2.3)

Man bildet sich ein, die menschliche Intelligenz sei fähig, alle technischen und sozialen Probleme zu lösen. Man müsse der Phantasie nur völlig freien Lauf lassen. Die Intelligenz dürfe nicht behindert werden durch eine höhere Instanz.

10. Totale Kontrolle über alle Menschen (Offb. 13,17)

Es wird ein System geschaffen, mit dem alle Menschen erfaßt und bis in geheimste Gebiete des Lebens überwacht werden können. Keiner wird außerhalb dieses Kontrollsystems leben können.

11. Welteinheit (Offb. 17,12.13)

Es ertönt der Ruf nach Zusammenschluß, nach Weltverbrüderung. Die Probleme dieser Erde sind nur noch mit Hilfe einer Weltregierung und einer weltweiten Einheitsstruktur zu lösen. Auch die Religionen sollen sich nach den Vorstellungen vieler Menschen endlich einigen auf eine einzige Weltreligion.

12. Ein großer Führer (Offb. 13)

Zuletzt wird ein Menschheitsführer auftreten, der den Sehnsüchten einer gegen Gott empörten Menschheit bestens entspricht. Seine Leistungen sind imposant: Er duldet keine Rivalen. Er schafft die perfekte Weltordnung, in der Gott keinen Platz mehr hat. Sein Weltreich, technisch perfekt, wird ein Vorgeschmack der Hölle sein.

Wie soll man diese vielfachen Triumphe des Bösen verstehen? Was beabsichtigt Gott, wenn er diesen furchtbaren Triumph des Bösen zuläßt?

Gott hätte die Macht gehabt, alles Böse in der Welt mit einem einzigen fürchterlichen Schlage auszurotten. Doch das hätte seinem Wesen, seiner göttlichen Liebe und Vollkommenheit widersprochen. Gott wäre damit seinem Wesen, das voller Geduld und Güte ist, untreu geworden: Er hätte nach einer Methode gehandelt, die seiner Größe und Majestät unwürdig ist.

„Gott ist größer, als wir denken", singen wir in einem Lied. Gott ist groß genug, daß er sich den Triumph des Bösen erlauben kann. Er ist so groß und so absolut gerecht, daß er sogar dem Teufel Spielraum gewährt. Gott kann es sich leisten, dem Bösen einige Jahrtausende Zeit und Einfluß zu lassen, denn Gott hat die Ewigkeit zu seiner Verfügung, und er steht nie in Gefahr, von seinem Thron verdrängt zu werden. Die Herren der Welt samt allen Fürsten der Finsternis mögen ratschlagen gegen Gott – er schaut ihnen belustigt zu und läßt sich Zeit, ihnen zu antworten (Psalm 2,2–4).

Gott gewährt dem Bösen nicht zuletzt auch deshalb soviel Raum, weil er die Menschen, die er nach seinem Bilde geschaffen hat, so ernst nimmt. Gott wollte ein Geschöpf, das frei entscheiden kann und entscheiden muß. Gott erlaubte sich nicht, die Entscheidung so zu programmieren, daß automatisch das von ihm gewünschte Resultat herauskommen mußte. Gott zwingt und manipuliert den Menschen nicht. Darum muß er es auch zulassen, daß des Menschen Experiment mit dem Bösen durchgespielt wird bis zum bitteren Ende. Das einzige, was Gott tun konnte, war, mit einem ungeheuren Opfer, mit der Dahingabe seines Sohnes einen Ausweg zu schaffen. Damit hat er dem Menschen eine Möglichkeit angeboten, aus dem Teufelskreis auszusteigen, bevor es zu spät ist. Gott weiß genau, was er tut. Er macht keine Fehler!

Was kann denn die Gemeinde Jesu in dunkelster Zeit noch tun, wie soll sie sich verhalten?

Wie kann man als Jünger Jesu denn noch leben, während das Böse auf der Welt triumphiert?

Nun, wir sind dem Bösen keinesfalls wehr- und hilflos ausgesetzt! Wir dürfen beten, Tag und Nacht. Das täten wir selbst dann noch, wenn es verboten würde (Dan. 6, 8–11). Je dunkler es wird, desto inniger wird unsere Bitte: „Komme bald, Herr Jesus!"

Wir warten beharrlich auf das Kommen Jesu. Darin lassen wir

uns nicht irre machen, auch nicht durch andere Christen, die über unser Warten spotten. Während wir warten, suchen wir uns rein zu halten von allem, was dem Herrn Jesus zuwider wäre. Wir werden zwar bespritzt vom Kot der Welt, aber wir lassen unsere Herzen immer neu reinigen durch die Kraft des Blutes Jesu. Wir ringen auch um eine reine Gemeinde, eine heilige Schar gottgeweihter Zeugen. Trotz des Wissens, daß es hier und jetzt noch keine „reine" Gemeinde geben kann, lassen wir nicht ab, mit dem Haupt der Gemeinde, Jesus, nach der Gemeinde zu streben, die durch das Wasserbad im Wort gereinigt ist (Eph. 5,26).

Wir starren nicht ängstlich auf das freche Toben des Feindes. Zwar rechnen wir damit, daß uns die Treue zu Jesus das Leben kosten kann, doch fürchten wir den Tod weniger als die Trennung von unserem Herrn. Wir wissen, daß die Zeit des Feindes begrenzt ist und daß er nur tun darf, was Gott ihm erlaubt.

Wir passen die Form unserer Gemeinde dem Druck der bösen Zeit an, ohne den Inhalt zu verwässern. Wenn es sein muß, kann die Gemeinde auch im Untergrund weiterleben. Wir üben uns darin, Bruderliebe selbst unter Gefahr und Druck zu pflegen. Wir vertiefen uns ernster als je in die prophetischen Schriften der Bibel, denn wir wollen den Anbruch der neuen Welt Gottes mit offenen Augen erleben und wollen die Gemeinde nicht im Dunkeln tappen lassen. Während die Schatten länger werden, fangen wir an zu singen und erheben unsere Häupter, denn die Morgenröte bricht an.

Kapitel 14

Kaderschulung für die neue Welt

„Daß Jesus siegt, bleibt ewig ausgemacht. Sein wird die ganze Welt." So singt der Gottesmann Blumhardt in seinem herrlichen Lied. In diesen Siegesgesang wollen wir jetzt einstimmen, nachdem wir auf den vorhergehenden Seiten über den scheinbaren Triumph des Bösen gesprochen haben. Halten wir dabei aber ganz deutlich fest: Die Niederlage Satans tritt nicht erst mit dem zweiten Kommen Jesu ein. Die neue Welt beginnt nicht erst dann, wenn diese alte Welt in Flammen aufgeht. Die neue Welt *hat* bereits begonnen. Die Königsherrschaft Jesu *ist* schon angebrochen. Jesus hat am Kreuz auf Golgatha die entscheidende Schlacht bereits geschlagen. Als er ausrief: „Es ist vollbracht!" da war der Sieg errungen, und als er am Ostermorgen aus dem Grab erstand, hatte der Feind endgültig verspielt!

Aber der Teufel will sich mit dieser Niederlage nicht abfinden. Er wehrt sich verbissen und läßt nicht locker. Die Zeit zwischen Pfingsten und dem zweiten Kommen Jesu ist deshalb Kampfeszeit. Aber nicht nur das: Es ist auch eine Zeit unerhörter Möglichkeiten. Es ist eine Zeit, in der man in freier Entscheidung aus Gnaden selig werden kann, eine Zeit, in der die frohe Botschaft von der rettenden Liebe Gottes in alle Welt hinausgetragen wird.

Gott hat nicht die Absicht, einfach untätig zuzusehen, bis der Teufel sein Pulver verschossen hat und die alte Welt reif ist für den Untergang. Gott begnügt sich auch nicht damit, das kleine Häuflein derer, die sich retten lassen wollen, gerade mit knapper Not vor dem Sog in den Strudel des Untergangs zu bewahren.

Jetzt, zwischen dem ersten und dem zweiten Kommen Jesu,

setzt Gott seinen Heiligen Geist auf der Erde ein, um sich die Gemeinde Jesu zuzubereiten.

Die Gemeinde Jesu ist nicht Selbstzweck. Gott hat mit ihr Großes im Sinn. Durch die Schar der Auserwählten, die lange vor dem Zorngericht Gottes schon erkennen, daß ein Leben ohne Gott unmöglich und verbrecherisch ist, und die deshalb ihr Leben völlig Jesus zur Verfügung stellen, durch diese Menschen bereitet Gott sich die Kernmannschaft vor für seine neue Welt.

Ich gebrauche ein Bild aus dem Soldatenleben. Bei uns in der Schweiz müssen jedes Jahr alle Zwanzigjährigen zu einer viermonatigen Rekrutenschule antreten. In diesen vier Monaten sollen die jungen Männer zu tüchtigen Soldaten erzogen werden. Wenn sie einrücken, ist ihnen die ganze Ordnung der Kaserne jedoch noch fremd. Sie wissen weder mit den Waffen umzugehen, noch haben sie eine große Ahnung von ihren Pflichten und Rechten als Soldaten.

Wenn an einem Montag morgen diese jungen ungeschickten Rekruten in Zivilkleidern den Kasernenhof betreten, dann werden sie von einer kleinen Gruppe von Männern mit Rangabzeichen an der Uniform erwartet. Das sind die Offiziere und Unteroffiziere, die meisten etwas älter als die neuen Rekruten. Sie haben schon einige Monate harter Ausbildung hinter sich. Sie kennen die Reglemente, die Arbeitsgeräte und die Aufgaben und Ziele ihrer Truppe. Diese ausgebildeten Männer, das sogenannte Kader, haben nun den Auftrag, die unwissenden Rekruten anzuleiten und dafür zu sorgen, daß sie alle zu dem werden, wozu sie angetreten sind. Die Ausbilder haben den ganzen „Schlamassel" schon mal durchgestanden, sie sind schon einmal durch die Mühle gedreht worden. Sie sollen nun Gewähr dafür bieten, daß die Armee so arbeitet, wie es die oberste Leitung geplant hat.

Vielleicht kann dieses Bild dazu dienen, uns klarzumachen, was der Herr Jesus mit uns vorhat. Wir befinden uns nämlich ebenfalls in einer Art Schule: in der Kaderschule für Gottes neue Welt. Jesus braucht Leute, die mit ihm die Welt ganz nach seinem Sinn ordnen und aufbauen.

Ich habe von Offizieren und Unteroffizieren gesprochen. Die Bibel sagt es anders. Zweimal heißt es in der Offenbarung: „Er hat sie zu Königen und Priestern gemacht" (Offb. 1,6; 5,10).

Petrus braucht noch stärkere Ausdrücke: „Ihr seid die, mit denen Gott etwas vorhat. Ihr seid ausgesucht, mit Christus, dem Herrn und Priester, zu herrschen und mit ihm Priester zu sein. Nun sollt ihr die großen Taten dessen weitersagen, der euch aus der Finsternis geholt und in sein wunderbares Licht geführt hat" (1. Petr. 2,9).

Könige und Priester sein, mit Christus die neue Welt regieren, das sollten wir uns nicht wie im Kindermärchen vorstellen. Das hat nichts zu tun mit allzu menschlichen Vorstellungen von Gold und Silber und sonstigen Reichtümern. Es geht auch nicht um eine mehr oder weniger gewaltsame Machtergreifung. Mit Christus herrschen bedeutet, mit ihm Verantwortung tragen für die göttlichen Ordnungen in einer neuen Welt. Das Grundgesetz der neuen Welt wird vielleicht die Bergpredigt sein. Die Probleme zwischen den Menschen werden dort nicht mehr nach der Methode Kains, sondern nach der Methode von Golgatha gelöst. Der Unschuldige bezahlt für den Schuldigen.

Menschen, die die Grundgesetze und Methoden Jesu nicht begriffen haben, passen nicht in diese neue Welt. Sie würden alles wieder verpfuschen, und die alte Misere würde gleich wieder von vorne beginnen.

Aus diesem Grunde scheint es mir auch unmöglich, daß einmal alle Menschen in den Himmel kommen. Wer nie daran gedacht hat, sein böses Leben zu ändern, wer nie den totalen Neuanfang mit Jesus gewagt und auch eingeübt hat, wer von der neuen Welt nichts gewollt noch kapiert hat, wird, wenn er im Jenseits die Augen aufschlägt, kaum viel vernünftiger sein als vorher. Jesus deutet in der Geschichte vom reichen Mann an, daß dieser zwar in der Hölle seinen Irrtum erkennt, aber immer noch der sture Besserwisser ist, der die Hauptsache nicht begriffen hat (Luk. 16, 19–31).

Ich kann heute verstehen, warum Jesus so kategorisch erklärt: „Wenn einer nicht von oben her neu geboren wird, ist er nicht imstande, Gottes Herrschaft wahrzunehmen; er findet keinen Zugang zu Gottes himmlischer Welt" (Joh. 3,3.5).

Jetzt, in unseren Tagen, findet die große Vorbereitung auf das kommende Reich Gottes statt. Jetzt wird Menschen die unbegreifliche Chance angeboten, in der anbrechenden neuen Welt dabei zu sein. Sie müssen den Ruf nur annehmen und sich formen lassen. Sie müssen bis ins Mark hinein loyale Bürger des neuen Reiches sein. Halbherzige, Maskenträger, geheime Verräter, heuchlerische Moralapostel sind dort fehl am Platze. Kein noch so verborgener Überrest unseres alten Wesens und dieser alten Welt wird sich hinüberretten können. Es wird dort alles neu und vollkommen sein!

Kapitel 15

Jesus ist Sieger!

Nun schlagen wir das letzte Kapitel in unseren Betrachtungen über den Satan und seine Helfershelfer auf. Obwohl wir recht oft vom Feind sprechen mußten, hoffe ich doch, daß nicht er zur eigentlichen Hauptfigur dieses Buches aufgerückt ist, sondern der Herr Jesus Christus. Meine Ausführungen sollten einzig zur Ehre Gottes und zur Zurüstung der Gemeinde dienen, damit sie wisse, wie sie siegreich kämpfen kann.

Gott regiert von Ewigkeit zu Ewigkeit. Seine Macht ist unbegrenzt. Niemand ist ihm gleich. Niemand kann sich mit ihm messen. Seine große, rettende und lebenschaffende Macht ist allzeit gegenwärtig. Sie könnte den Satan und sein Dämonenheer mit Leichtigkeit vertreiben und vertilgen. Die Macht Gottes offenbarte sich aber zunächst darin, daß er Jesus in die Welt sandte und daß er ihn leiden und sterben ließ. Gewaltig griff die Kraft Gottes ein, als sie am Ostermorgen den toten Jesus aus dem Grabe holte und ihn als ersten aus dem Menschengeschlecht zu neuem, himmlischem Leben erweckte.

Zehn Tage nach der Himmelfahrt Jesu erfaßte die Kraft Gottes die Jüngerschar. Als todesmutige Zeugen für das Evangelium zogen sie in alle Welt hinaus.

Doch Gottes Allmacht hält sich zurück. Noch ist die Zeit freiwilliger Entscheidungsmöglichkeit: Man kann sich der Macht Gottes öffnen oder sie ablehnen. Niemand muß Christ werden. Jeder darf zu Gott kommen, doch keiner darf durch Druck oder Schwert dazu gezwungen werden. In dieser Zeit kann daher der Teufel, obwohl er schon geschlagen ist, noch gewisse Scheintriumphe feiern.

Doch die Stunde kommt, wo die Macht Gottes alle Riegel sprengt. Die Schleusen öffnen sich. Wir lesen dazu einen kurzen Abschnitt aus der Bibel: „Bald nach dem Grauen jener Tage wird die Sonne sich verfinstern, der Mond wird seinen Glanz verlieren, die Sterne werden aus ihren Bahnen stürzen und die Kräfte im Weltall aus ihrer Ordnung springen. Dann wird mein Zeichen am Himmel erscheinen, die Völker der Erde wird das Entsetzen erfassen über sich selbst, und sie werden den Bevollmächtigten Gottes, den heiligen Herrscher, kommen sehen an der Höhe des Himmels mit Macht und strahlendem Glanz. Und er wird seine Herolde voraussenden mit gewaltigem Posaunenton, die werden alle die sammeln, die er bei sich haben will, aus allen vier Winden vom einen Ende des Himmels zum andern" (Matth. 24,29–31 nach Zink).

Als Jesus gestorben und auferstanden war, da war es um den bösen Feind bereits geschehen, die entscheidende Schlacht war geschlagen. Der Teufel wurde aus dem Gerichtssaal Gottes verworfen. Er darf die Jünger Jesu nun nicht mehr verklagen.

Er wurde auf die Erde hinabgestoßen, wo er noch ein Weilchen wüten darf. Aber gerade dann, wenn es scheint, als feiere die Macht der Finsternis ihre größten Triumphe, gerade dann schlägt die Stunde X, und Jesus kommt sichtbar wieder.

„Dann werden die Erlösten ihm entgegengehen mit Jauchzen; ewige Freude wird über ihrem Haupte sein. Freude und Wonne werden sie ergreifen, und Schmerz und Seufzen wird entfliehen" (Jes. 35,10).

„Aber die Könige der Erde und die Fürsten, die Heerführer, die Reichen und die Mächtigen, die kleinen und die großen Leute werden sich verbergen in den Höhlen und Klüften der Berge, und sie werden den Bergen und Felsen zurufen: „Fallt über uns und verbergt uns vor den Augen dessen, der auf dem Thron sitzt, und vor dem Zorn des Christus, denn der große Tag seines Zornes ist da, und wer kann bestehen?" (Offb. 6,15–17).

Was hier beschrieben wird, ist kein neuer Kampf. Es findet kein Kräftemessen mehr statt. Hier geschieht der endgültige Durchbruch, der Sieg wird nun auch nach außen hin sichtbar. Die Zeit der Auseinandersetzungen, das Hin und Her ist vorbei. Die Weichen sind gestellt. „Wer Unrecht tut, tue weiterhin Unrecht. Der Unreine sei weiterhin unrein. Der Gerechte wirke weiterhin, was gerecht ist. Der Heilige bleibe weiterhin heilig" (Offb. 22,11). So heißt es auf der letzten Seite der Bibel.

Die Grenzlinien, die die Menschen einmal in freier Entscheidung gezogen haben, sind nun nicht mehr zu verrücken. Nun hören auch „alle, die in den Gräbern sind, seine Stimme, und sie treten heraus: die Gutes getan haben zu einer Auferstehung, die ihnen das Leben gibt, die Böses getan haben zu einer Auferstehung, die ihnen die Verdammung bringt" (Joh. 5,28b.29).

Nun teilt sich die Menschheit nicht mehr in Große und Kleine, noch in Mächtige und Schwache oder in Reiche und Arme, nun gibt es nur noch Jubelnde und Heulende, Angenommene und Verworfene. Angenommen und zur neuen Welt zugelassen werden nur Leute, deren Namen Jesus in sein Buch eingetragen hat (Offb. 21,27).

Nun hat auch für den Feind, für den Teufel, die Stunde der Endabrechnung geschlagen. Die Bibeltexte zu diesem Vorgang sind schauerlich, aber man darf sie weder weglassen noch umdeuten. Wir wollen nur eine der Stellen lesen (Offb. 20,10): „Und der Teufel, der sie immer verführt hatte, wurde in den Pfuhl von Feuer und Schwefel geworfen, woselbst auch das Tier und der Lügenprophet waren, und sie werden gequält werden Tag und Nacht bis in die Zeiten der Zeiten."

Ich vermag diese Schriftstellen nicht zu erklären. Ich lasse sie stehen als ebenso zuverlässiges Wort Gottes wie all die schönen, ermutigenden und tröstenden Bibelworte, die mir viel besser gefallen. Wir bilden uns doch wohl eine zu harmlose Vorstellung vom lebendigen, heiligen Gott, wenn wir solche Texte abzuschwächen suchen. Gerade der letzte Teil des Satzes: „... bis in die Zeiten der Zeiten..." kann bei genauer Prüfung nur als Periode von endloser Dauer verstanden werden. Ich zitiere einige Sätze aus Adolf Pohls Kommentar zu Offb. 20,10: „Der Text sagt es völlig klar: Das Verdammtsein im Feuerpfuhl währt solange wie das Lebendigsein und Königsein Gottes und des Lammes und wie ihre Verherrlichung durch die Knechte Gottes. Nie wird der Feuerpfuhl sich in eine neue Heilswelt öffnen."

Ich will hier nicht auf die verschiedenen Meinungen über den Ablauf der letzten Dinge eingehen. Da tauchen all die Fragen auf wie: Geschieht die Entrückung vor oder nach der großen Trübsal? Wie ist das tausendjährige Reich zu verstehen? Was ist mit dem Binden und Loslassen des Satans gemeint? Viele der Erklärungen, die so herumgeboten werden, scheinen mir nicht auf solider Bibelauslegung zu beruhen. Es tut mir oft weh, sehen zu müssen, wie die Gemeinden durch falsche Propheten und deren selbstgebastelte Endzeit-Fahrpläne verwirrt werden.

Keiner von uns hat in Gottes Ratsversammlung gesessen. Die Visionen, die dem Seher Johannes offenbart wurden, sind nicht so ohne weiteres in unsere heutige weltpolitische Karte einzuordnen. Doch einige sehr wichtige Tatsachen stehen fest, und es wäre verhängnisvoll, sie nicht zu beachten:

1. Niemand weiß, wann Jesus Christus wiederkommt, als Gott allein. Alle Datumsberechnungen sind abzulehnen. Die Bibel deutet nur an, daß er gerade dann kommen wird, wenn man ihn nicht erwartet (Matth. 24,44). Es könnte heute, morgen aber auch erst in 200 Jahren sein.

2. Wir sollen jeden Augenblick bereit sein, Jesus zu begegnen. Das legt auf unsere Lebensführung einen tiefen Ernst und eine Spannung, aber auch eine stille Freude.

3. Wir brauchen uns nicht zu fürchten, auch wenn es sein kann, daß wir noch zu leiden haben. Jesus hat den Teufel zwar besiegt und gefesselt, aber er läßt ihn quasi noch „an einer langen Kette laufen". Es ist kein Spaß, dort wohnen zu müssen, wo der Satan seinen Thron hat (Offb. 2,13).

4. Wir dürfen beten: Herr Jesus, komme bald! Wir dürfen sehnsüchtig fragen: O Herr, wie lange noch? Wann willst du dem argen Feind Einhalt gebieten und deine Siegesfahne auf der ganzen Erde sichtbar aufpflanzen? Herr, der Feind sucht uns zu verschlingen. Er protzt mit seinen Triumphen. Doch wir wissen, daß du, Herr Jesus, gesiegt hast. Wir beten dich an, du Siegesheld von Golgatha!

> Drängt uns der Feind auch um und um,
> wir lassen uns nicht grauen;
> du wirst aus deinem Heiligtum
> schon unsre Not erschauen.
> Fort streiten wir in deiner Hut
> und widerstehen bis aufs Blut
> und wollen dir nur trauen.

Vom gleichen Autor:

Wir Christen und das liebe Geld

96 Seiten, ABCteam-Paperback 210

„Über Geldangelegenheiten spricht man nicht. Geldangelegenheiten sind Privatsache!" Das ist die Meinung der meisten Menschen, leider auch vieler Christen.

Aber sind sie das wirklich? Geht es tatsächlich niemanden etwas an, was wir mit unserem Geld machen?

Wenn Samuel Gerber hier die Dinge offen beim Namen nennt, hat er allen Grund dazu: Jesus selbst sprach oft und unmißverständlich über Geld und Besitz! Wer sein Leben ganz unter die Herrschaft Gottes stellen will, muß auch dieses Lebensgebiet seinem Herrn ausliefern. „Ihr könnt nicht Gott dienen und dem Mammon!" erklärte Jesus. Gerade hier entscheidet sich, welchem Herrn wir wirklich dienen! Sind wir bereit, unser Verhältnis zum Geld an den Maßstäben des Neuen Testaments zu überprüfen und es von ihnen verändern zu lassen?

Der Autor bekennt: „Mit Schrecken habe ich festgestellt, daß in meinem Leben und im Leben der meisten Christen die Geldprobleme noch nicht völlig der Lehre Jesu entsprechend gelöst werden. Das muß uns beunruhigen. Unser Christentum darf vor dem Geldbeutel nicht halt machen!"

Brunnen Verlag · Basel und Gießen

Gestern gesagt – heute gefragt:

Unter diesem Motto sollen altbewährte Schriften aus der Feder gesegneter Gottesmänner dem heutigen Leser neu zugänglich gemacht werden. Sprachlich sorgfältig überarbeitet und mit einem zeitgemäßen Äußeren versehen, sind sie heute noch genauso aktuell wie ehedem.

Andrew Murray

Demut – Kleinod der Heiligen
Taschenbuch Nr. 1, 80 Seiten

Andrew Murray versucht hier dem Wesen wahrer Demut auf die Spur zu kommen. Was meinte Jesus damit, als er sagte: „Lernt von mir, denn ich bin demütig"? Was war das Geheimnis seiner tiefen Demut, die ihn befähigte, in der Hingabe für andere die Erfüllung seines Lebens zu finden?

Murray versteht es, uns zu zeigen, daß echte Demut eigentlich nichts anderes will, als in jene erfüllende Beziehung zurückzuführen, die wir als Geschöpfe zu unserem Gott haben dürfen.

Jakob Vetter

Das heilige Blut
Taschenbuch Nr. 2, 96 Seiten

Die Götter durch Opfer gnädig zu stimmen: Durch alle Zeiten hindurch hat eine seltsame Ahnung den schuldig gewordenen Menschen zu solchem Tun bewegt. Dem modernen Menschen hingegen erscheint solche Vorstellung von Blut und Opfer barbarisch und überholt – zu Recht?

Die Bibel spricht sehr viel von Blut und Opfer. Im Alten Bund durch Tieropfer bildhaft vorweggenommen und im Neuen Testament vollendet, erklärt sie Jesus Christus zu dem Opfer, das uns mit Gott versöhnt.

Jakob Vetter, der Gründer der Deutschen und der Schweizerischen Zeltmission, geht hier in seelsorgerlicher Weise auf die verschiedenen Heilsaspekte des für uns vergossenen Blutes Jesu ein.

Brunnen Verlag · Basel und Gießen

Brunnen-Briefe

- greifen aktuelle Themen auf
- weisen hin auf Jesus Christus
- geben Glaubens- und Lebenshilfen

Die ansprechend gestalteten kleinen Heftchen eignen sich vorzüglich als Traktat, Briefbeilage oder als kleines Mitbringsel. Mit ihrer klaren Botschaft sind sie schon vielen zu einer echten Hilfe geworden.

Heinrich Spörri

Muß Krankheit sein?
Brunnen-Brief 13, 32 Seiten, geheftet

Was der Schweizer Evangelist Heinrich Spörri vor beinahe hundert Jahren zum Phänomen Krankheit schrieb, ist geradezu verblüffend aktuell. So klar er auf die biblische Möglichkeit von Krankenheilung durch den Glauben hinweist, so klar warnt er andererseits vor einer schwärmerischen «Heilung-um-jeden-Preis»-Euphorie, die dem Kranken einzureden versucht, er müsse nur fest genug glauben, um geheilt zu werden. Eine kurze, biblisch nüchterne Handreichung zu einem Thema, das heute in der Gemeinde zunehmend Verwirrung stiftet.

Weitere Titel in der Reihe «Brunnen-Briefe»:

A. B. Simpson	Jesus selbst	Nr. 1
Georg Müller	Die vier wichtigsten Fragen	Nr. 2
J. Hudson Taylor	Das verwandelte Leben	Nr. 3
Otto Stockmayer	Das Gebetsleben der Kinder Gottes	Nr. 4
Isobel Kuhn	Ja zu Gottes Weg	Nr. 5
Willi Wunderli	Kleine Seelsorgehilfe	Nr. 6
Fritz Binde	Vom Anarchisten zum Christen	Nr. 7
Stephen Menzies	Der größte Narr	Nr. 8
C. S. Lewis	Wenn nur «X» sich ändern würde!	Nr. 9
J. Hudson Taylor	Bleibe in Jesus!	Nr. 10
Otto Stockmayer	Der Blick auf Jesus	Nr. 11
Stephen Menzies	Die Geschichte eines Gemäldes	Nr. 12

Brunnen Verlag · Basel und Gießen

Bücher zur christlichen Lebensgestaltung:

Anne Townsend

Ehen werden auf Erden geschlossen

Wie man in der Ehe glücklich wird
104 Seiten, ABCteam – Paperback 120

Anne Townsend spricht die Probleme, die in einer Ehe entstehen können, sehr offen und freimütig an.
„Meine Absicht ist es, die Eheprobleme möglichst realistisch zu sehen; sie nicht zu ‚vergeistlichen'." Denn es geht in den meisten Ehen zunächst einmal darum, sich mutig mit den Tatsachen auseinanderzusetzen. Die Wahrheit mag peinlich sein, ohne absolute Ehrlichkeit und Offenheit wird eine Ehe in unbefriedigender Mittelmäßigkeit erstarren, auch wenn sie nicht scheitert.
Anne Townsend orientiert sich am praktischen Ehealltag, und ihr Buch ist eine gründliche Eheberatung für Verheiratete und eine Schulung für Paare, die kurz vor der Heirat stehen.

C. S. Lewis

Pardon – ich bin Christ

Meine Argumente für den Glauben
176 Seiten, ABCteam – Paperback 131

Sind Sie zufälligerweise einer von den schon fast perfekten Christen? Dann sollten Sie sich die Lektüre dieses Buches sparen. „Denn" – so meint der Verfasser – „nichts von dem, was ich hier zu sagen habe, betrifft diesen Leserkreis." Er wendet sich vielmehr an die „gewöhnlichen Erdenbürger", an den interessierten Leser, der nach Antworten sucht. Nach sehr unkonventionellen Antworten auf sehr unkonventionelle Fragen. Unabhängig von theologischen Lehrmeinungen, will er z. B. wissen, „warum Gott, wenn er uns doch ohnehin die Strafe erlassen wollte, es nicht einfach tat? Wie kam er dazu, einen unschuldigen Menschen an unserer Stelle zu bestrafen?", oder woran es liegt, daß „nicht alle Christen erkennbar netter als alle Nicht-Christen" sind.
Obwohl man C. S. Lewis zu den bedeutendsten Religionsphilosophen unserer Zeit rechnen muß, bietet er seinen Lesern alles andere als eine trocken-lehrhafte theologische Diskussion.

Brunnen Verlag · Basel und Gießen